DIARIO DE TLAUHQUÉCHOL

WITHDRAWN

Otros títulos de la colección
Diarios mexicanos

Diario de Clara Eugenia
El efímero imperio de Maximiliano
vivido por una joven

Diario de Aurora
Vivencias de una joven
en la revolución

Diario de Mercedes
La guerra entre México y Estados Unidos
en palabras de una joven de la época

Norma Barrera

Diario de Tlauhquéchol

PLANETA

Colección: Diarios mexicanos

Diseño de portada: Natalia Gurovich
Ilustración de portada: Detalle del cuadro "San Antonio". Templo de
  Osumbilla. INAH.
Fotografía de la autora: Mario Mejía Chi

Primera edición: febrero del 2000
ISBN: 970-690-042-X

Impreso en los talleres de Arte y Ediciones Terra, S.A. de C.V.
Oculistas núm. 43, Colonia Sifón, México, D.F.
Impreso y hecho en México-*Printed and made in Mexico*

Para mi tío Pepe que ha sido en mi vida un *tlamatini* (sabio): "Pone un espejo delante de los otros, los hace cuerdos, cuidadosos; hace que en ellos aparezca una cara (una personalidad)."

CÓDICE MATRITENSE

Nunca se perderá, nunca se olvidará
lo que vinieron a hacer,
lo que vinieron a asentar en las pinturas:
su renombre, su historia, su recuerdo...
Siempre lo guardaremos
nosotros hijos de ellos...
Lo vamos a decir, lo vamos a comunicar,
a quienes todavía vivirán, habrán de nacer...

CRÓNICA MEXICÁYOTL

Mi reconocimiento al maestro Federico Nagel Bielicke con el que estudié las materias de Mesoamérica y arte prehispánico cuando cursaba la licenciatura en historia y de quien aprendí a estudiar con dedicación la historia de los pueblos mesoamericanos. Mi agradecimiento a su amable esposa, la señora Bertha Vega de Nagel, por su amabilidad. A los dos, gracias por su valioso asesoramiento cuando escribí este *Diario*.

México Tenochtitlan

(abril-julio de 1518)

Metztli tozoztontli, xíhuitl 13 tochtli (abril de 1518)

Hoy se inicia el tercer *metztli* (mes) de los dieciocho que componen el calendario *xíhuitl* (año), el de los 365 días. Estamos en el *xíhuitl* 13 *tochtli* (conejo) y es nuestro *tlatoani* (gobernante) Moctezuma Xocoyotzin.

Escucho el ronco y poderoso sonido del caracol marino que anuncia el próximo nacimiento de nuestro padre Sol. Un nuevo día dará inicio y cuando Tonátiuh (Sol) haya subido al cielo, cuando su cálida luz bañe de luminosidad y energía a la grandiosa Tenochtitlan, mis padres llegarán por mí al *calmécac* (colegio).

Es la primera vez que pinto en rollos de *ámatl* (amate) mis pensamientos, emociones y experiencias. Mi anciana y sabia maestra Xánath (Flor bella) me enseñó el trazo y la interpretación de los signos de nuestra escritura pintada, ella es experimentada en este oficio.

Xánath me aconseja la práctica del registro de mis vivencias ahora que abandoné el *calmécac* para pasar una temporada con mi familia, antes de mi consagración al servicio y ministerio de los dioses. Ella dice que es una forma de dialogar conmigo misma; que el tiempo que dedique a este ejercicio será mi momento de intimidad, de encuentro con mis errores, mis aciertos, mis dudas, mis respuestas y soluciones a las interrogantes y los problemas que la vida me presente.

He pasado largo rato observando el papel de *ámatl* que tengo frente a mí sin saber qué pintar, es como si de pronto no supiera qué decir de mí misma. Pero como la mejor manera de hacer las cosas es hacerlas, pues iniciaré este diario de mi vida presentándome.

Llevo por nombre Tlauhquéchol (Ave rosada), nombre que eligió mi padre porque él es un hombre sensible que ama y respeta a la naturaleza. Es aficionado a las aves, a sus cantos y a sus esplendorosos plumajes de diversos colores.

Tengo 15 *xíhuitl*, nací bajo el signo *mázatl*, por lo que mi *tonalli*, el destino que trazaron para mí los dioses, está representado por la imagen de un pequeño venado. De acuerdo con nuestro *tonalpohualli* (calendario ritual), mi signo es de buena fortuna, pero los que nacemos bajo él nos caracterizamos por ser de naturaleza temerosa.

Soy hija de artistas plumarios a los que llaman *amantecas*. El oficio lo heredamos de mi anciano abuelo Quetzalhuéxotl (Sauce precioso) que desde joven practica el arte plumario. Mi padre lleva por nombre Tletonátiuh (Sol de fuego), mi madre es Amimilli (Ola de agua) y mi hermanito se llama Xocotzin (Fruto apreciado).

De los cuatro *campan* (barrio grande) que componen la ciudad de Tenochtitlan, nosotros vivimos en el de Moyotlan, parcialidad localizada al suroeste del gran centro ceremonial. Nuestro *calpulli* (barrio) se llama Amantla, un pequeño barrio donde se vive del arte plumario.

La casa de mis padres está asentada muy cerca del camino que lleva a Iztapalapa (lugar sobre las lajas) y frente al embarcadero de Acachinanco. Por esta vía Tenochtitlan se comunica con las poblaciones de Coyoacán, Huitzilopochco, Iztapalapa, Chalco y Xochimilco.

Desde hace siete *xíhuitl* vivo y estudio en el *calmécac* que se encuentra dentro del gran centro ceremonial de Tenochtitlan, espacio donde se levantan los templos de los dioses Tláloc y Huitzilopochtli, de Ehécatl-Quetzalcóatl, donde están los recintos de los guerreros *cuauhtli* (águila) y los guerreros *océlotl* (jaguar) y el patio donde se llevan a cabo los más importantes juegos rituales de pelota.

Desde los ocho *xíhuitl* vivo separada de mi familia, ellos han venido a verme cada *metztli*. Desde pequeña mis padres me ofrecieron al *calmécac* y gracias al oficio de *amantecas* que practica mi familia, el arte de confeccionar los adornos plumarios que demandan los *pipiltin* (nobles), se me abrieron las puertas de este colegio destinado a la educación de la nobleza mexica. Nosotros no somos de linaje noble pero el arte plumario, tan apreciado por los miembros del poder mexica, le ha otorgado a los artistas plumarios importancia social y económica.

Tuve la fortuna de que los dioses pusieran en mi camino a Xánath, anciana y sabia maestra que se hizo cargo de mi crianza y educación cuando ingresé al *calmécac*. Es como mi segunda madre y es el modelo de mujer que quiero ser. Tan importante es para mí Xánath que cuando cumplí 14 *xíhuitl* de vida, mientras mis otras compañeras tenían por ideal el matrimonio, manifesté a mis padres mi deseo de quedarme definitivamente aquí en el colegio para el servicio de los dioses. Tanto mi papá como mi mamá han respetado mi vocación y en la familia lo consideramos un don que los dioses depositaron en mí.

Desde anoche percibo sentimientos contradictorios que sobrecogen mi ánimo. Por un lado siento el gozo de volver a estar con mis padres, mi pequeño hermano y mi abuelo, pero por otra parte me da temor y tristeza alejarme de mi bondadosa y sabia maestra. Su avanzada edad anuncia que su muerte no está lejana, a pesar de que su viejo y cansado cuerpo todavía refleja una poderosa e indefinible energía que siempre la ha caracterizado.

A medianoche, después de ofrendar a los dioses, Xánath pasó a verme al dormitorio y, mientras todas mis demás compañeras dormían, platicó conmigo y me dirigió serenas palabras acompañadas de una cálida mirada que tranquilizaron mi corazón.

Tengo frescas en mi memoria sus palabras: "Nuestros dioses te ofrecen esta coyuntura, te la imponen, tómala. Humildemente acéptala mi preciosa Ave rosada. Sal, observa, oye, calla y guarda las experiencias en tu corazón. Ve cómo vive la gente, los trabajos que pasa, pierde el miedo a vivir, lucha contra tu miedo y emerge victoriosa, dispuesta a servir con tu vida. Afuera se manifestarán las cosas, lo que será tu destino, el atuendo con el cual te enviaron nuestros dioses."

Xánath me recalcó su opinión de lo importante que será para mí esta salida del colegio, de traspasar el muro que separa el mundo de lo religioso que rige en el gran *teocalli* (templo) y el mundo de lo profano que existe afuera. Dice que he vivido muy alejada de las preocupaciones y sentimientos de nuestro pueblo y es necesario que me sensibilice conviviendo con otra gente que no sea del *calmécac*. Ella piensa que debo estar segura de mi decisión de convertirme en *cihuatlamacazqui* (sacerdotisa), para lo cual es necesario que conozca las cosas a las cuales deberé renunciar una vez que me entregue total y absolutamente al servicio religioso.

Metztli tozoztontli, xihuitl 13 tochtli (abril de 1518)

Ayer fue mi primer día fuera del *calmécac*. Cuando llegaron mis padres, me despedí de Xánath quien me acarició la barbilla con su delgada y suave mano, vi que sus labios pronunciaron una oración y me deseó suerte. Estuve a punto de estallar en llanto pero me contuve y salí al encuentro de mi familia, que me recibió con muchas muestras de afecto.

Salimos del *calmécac* y al dirigirnos a casa me volví hacia donde están las sagradas montañas del Iztaccíhuatl y Popocatépetl, les pedí fuerza y valor para iniciar esta nueva experiencia. Afortunadamente el paisaje del camino fue muy agradable pues el cielo estaba limpio de nubes e intensamente azul, el aire era suave y los rayos del sol eran cálidos. Poco a poco me fui relajando y un calorcito en el cuerpo me dio la señal de que mi alma estaba ya en calma.

Caminamos por la gran calzada que lleva a Iztapalapa y, mientras mi papá me mostraba los cambios de la ciudad que ordenó nuestro *tlatoani* Moctezuma Xocoyotzin, me sorprendió encontrarme con una Tenochtitlan que ha crecido y luce majestuosa en medio del lago de Texcoco.

En el ambiente había mucho movimiento, un ir y venir de *acallis* (canoas) cargadas con diferentes artículos. La gente iba de un lado a otro a sus respectivas actividades. Mis papás me hicieron observar que Tenochtitlan está formada por muchos canales que la atraviesan, por calzadas anchas y calles bien trazadas y limpias. La capital mexica destaca por su concierto y limpieza.

Cuando llegamos a la casa me esperaba en la entrada mi pequeño hermano Xocotzin, que en cuanto me vio se lanzó a abrazarme. Al cruzar el jardín observé que la fachada de la casa estaba adornada con lazos de ramas de árboles y salpicados con flores de diversos colores que perfumaron mi bienvenida con un aroma fresco, natural y muy familiar.

En el interior de la casa me esperaban mi anciano abuelo Quetzalhuéxotl, el hermano de mi padre, mi tío Tepeyolotli (Corazón del monte), su esposa Xóchatl (Agua rosada), mi prima Citlalin (Estrella) y los buenos y fieles amigos de mi familia, Xiuhpopoca (Hierba que humea) y su mujer Élotl (Mazorca de maíz verde), que está a punto de dar a luz, y su hijo Ocopilli (Noble tea), a quien conozco desde que éramos niños.

También vino a saludarme mi amiga de la infancia Xiuhtótotl (Pájaro azul) acompañada de su esposo Citlalcóatl (Serpiente de estrellas). Me dio gusto ver que esperan niño y que están muy ilusionados. Ella también es hija de artistas plumarios y estudió conmigo y mi prima Citlalin en el *calmécac*. Cuando sus padres consideraron que ya estaba preparada para el matrimonio, salió y se casó con Citlalcóatl, un joven que fue aprendiz de mi padre y hoy tiene su propio taller de arte plumario.

Me sorprendió ver cómo ha cambiado Ocopilli. Ahora es un joven de quince *xíhuitl*, de cuerpo esbelto y piel morena clara, su pelo es corto y muy negro; gracias a que tiene dedos largos y delgados sus manos lucen delicadas; su mirada penetrante parece traspasar el alma, con sus ojos tan negros como la obsidiana, su boca está muy bien delineada. Tiene movimientos serenos y educados.

Vinieron a mi mente imágenes de cuando éramos pequeños y nuestros padres nos permitían jugar, algo inusual en mi pueblo pues está establecido que las niñas deben jugar con las niñas y los niños con los niños. Ocopilli y yo compartimos muchas tardes de juego, a él le encantaba treparse a los árboles, era muy ágil para moverse entre las ramas, se reía de todo y me retaba a que me subiera. Yo siempre he sido miedosa, mi signo venado me lo señala, pero un día sus palabras tocaron mi orgullo y me subí al árbol que está en el jardín de mi casa, cuando me di cuenta de la altura que mediaba de donde yo estaba al suelo, me mareé y me caí. A Ocopilli lo regañaron sus papás y a mí no me quedaron ganas de volver a encaramarme a ningún árbol.

Ocopilli decía que de grande quería pertenecer a los guerreros *cuauhtli* (águila), que es lo máximo a lo que puede aspirar un guerrero mexica. Ha pasado mucho tiempo desde que nos separamos y nuestros destinos tomaron otros rumbos. Él no será guerrero porque continuará la profesión de su padre, será un *pochteca* (comerciante), dedicará su vida a llevar y traer mercancías viajando a lejanas tierras. Yo, dentro de poco tiempo consagraré mi existencia al culto de los dioses. Por cierto, cuando se acercó a saludarme, con el previo permiso de mis papás y los suyos, me preguntó si era cierto lo de mi deseo de convertirme en sacerdotisa y le contesté que sí. Él volvió a preguntarme si estaba realmente segura de mi vocación. Esta vez me molestó su pregunta pero disimulé mi enojo y, muy segura, le respondí que sí. No volvió a preguntarme porque decidí desviar la conversación.

Le pregunté a Ocopilli de sus estudios en el *telpochcalli*, la casa de los jóvenes donde se forman las águilas y los jaguares, los guerreros mexicas. Me comentó que dentro del colegio tiene el grado de *telpochtlato*, lo que significa que tiene la responsabilidad de vigilar y dirigir a otros jóvenes. Eso indica que sus maestros han observado en Ocopilli madurez e inteligencia, pero me informó que pronto abandonará el *telpochcalli* porque hará su primer viaje como comerciante.

De pronto el interior de la casa se empezó a impregnar de un sabroso olor a comida que salía de la cocina donde mi mamá se esmeró en preparar un abundante banquete. Hacía mucho tiempo que no saboreaba sus deliciosos platillos. Ella se ha distinguido por ser una excelente cocinera, muy creativa en sus guisos. Preparó lo que me encanta. Sobre una mesa de madera baja cubierta con una manta blanca ricamente bordada por ella, estaban dispuestas cazuelas de barro con guisos como caldo de hongos con chile, sazonado con epazote; tamales de maíz rellenos de *acociltin*; guisado de carne de venado en salsa de chile pasilla, tomates y aguamiel; pescado blanco en salsa de pepitas de calabaza molidas; tortillas rellenas de frijoles y chile y huaunzontles en chile verde. Como postre, unos panecillos de harina de amaranto con miel. Para beber, mi madre preparó agua de tuna y *octli* (pulque), bebida preparada exclusivamente para los ancianos de mi *calpulli* que fueron invitados por mi familia.

Un momento emotivo para mí fue cuando al retirarse los invitados, mi papá Tletonátiuh, mi abuelo y mi hermano Xocotzin, como obsequio de bienvenida me entregaron un hermoso tocado de plumas diseñado y elaborado por ellos. Las plumas son rosadas y provienen del pájaro que se llama igual que yo, el Tlauhquéchol.

Por su parte, mi mamá me sorprendió con un precioso atuendo compuesto por una *huipilli* (blusa), una *cuéitl* (enagua) y su ceñidor, todo de tela de algodón y con trabajo de bordado y aplicaciones de plumas blancas.

Fue muy acogedora esta recepción familiar. Y pensar que ayer, tonta de mí, estaba nerviosa y un enjambre de emociones encontradas me envolvía el corazón. El miedo que había en mí se ha disipado ante el cariño con que me ha recibido mi familia.

Ya paso la tormenta, la calma ha vuelto a mí.

Metztli tozoztontli, xihuitl 13 tochtli (abril de 1518)

He vuelto a dormir en la habitación que ocupé de pequeña. Las paredes están recién pintadas y en la *petlacalli* (petaca) tejida que me regaló mi mamá cuando yo era muy pequeña, me encontré con la ropa que usaba de niña y mi inolvidable muñequita de barro cuyos brazos se pueden mover. También estaban mis diminutos instrumentos de cocina: el *métlatl* (metate), el *molcáxitl* (molcajete) y el *comalli* (comal) de barro, con ellos mi madre pacientemente me enseñó a preparar el maíz, moler semillas y hacer salsas. Todo esto lo tuve que dejar en casa cuando ingresé al *calmécac*.

Nunca se borró de mi memoria el paisaje que siempre apareció frente a mis ojos desde la ventana de mi habitación. Crecí mirando la majestuosidad de las montañas nevadas del Iztaccíhuatl y del Popocatépetl. Desde que era pequeña su imponente belleza me atrajo y me condujo a reverenciarlas, a considerarlas sagradas.

El día de hoy, cuando la luz de la aurora aún era imprecisa, al terminar de quemar *copalli* (copal) en el brasero para ofrendar a las figuras de Ometéotl (nuestro dios supremo), Tláloc, (señor de la lluvia), Huitzilopochtli, (señor de la guerra), Coyotlináhual, (dios de los *amantecas*) y Xilonen, (diosa de las mujeres amantecas), que están en el altar familiar. Salí al jardín de la casa y me encontré con mi abuelo Quetzalhuéxotl sentado sobre un viejo tronco, embelesado miraba el horizonte montañoso, enmarcado por un cielo todavía azul obscuro bordado de estrellas blancas.

Cuando me acomodé cerca de él, me lanzó una adivinanza: "¿Qué es una jicarilla azul cubierta de maíz desgranado?" No supe qué contestar y él me indicó que mirara hacia arriba. La respuesta era el cielo estrellado.

Mi abuelo es un anciano de caminar lento, de mirada directa y muy dulce, es de pocas palabras pero su voz todavía se escucha clara y tranquila. Desde que murió mi abuela, cuando yo tenía cinco *xíhuitl*, el brillo de sus ojos se fue apagando poco a poco. A partir de ese momento le dejó toda la responsabilidad del taller de arte plumario a mi padre.

Mi abuelo en su juventud fue un excelente y muy reconocido *amanteca*. Trabajó como artesano plumario al servicio de nuestro memorable *tlatoani* Ahuízotl. Le confeccionaba sus trajes militares y de gala, así como los tocados y *chimallis* (rodelas) con las más apreciadas y hermosas plumas de ave que llegaban como tributo a Tenochtitlan.

Ahora mi abuelo dedica su tiempo a cuidar a Xocotzin y a arreglar el jardín de la casa. Es un hombre que guarda en su memoria muchas historias y mitos de nuestros antepasados.

Hoy me narró la leyenda de las hermosas y sagradas montañas que custodian nuestra ciudad, el Iztaccíhuatl y el Popocatépetl. Según me contó, en la parte más alta de los trece cielos que componen la bóveda celeste donde habitan los dioses y los astros, vivía un joven llamado Izcozauhqui, hijo del dios Tonátiuh, nuestro padre Sol. Izcozauhqui amaba la naturaleza y en el cielo donde habitaba existían hermosos jardines. Un día se enteró que los prados del cielo de Tonacatecuhtli, (señor de los mantenimientos), eran tan agradables como los suyos. Al joven le entró la curiosidad por conocerlos. En efecto, lo que sus ojos apreciaron era maravilloso, pero a lo lejos descubrió un lago de aguas apacibles y cristalinas, se acercó y de pronto una joven vestida de blanco apareció frente a él. Con sólo mirarse, se enamoraron.

Los dioses se mostraron complacidos con este amor y consintieron la unión de estos jóvenes, pero les advirtieron que no se les ocurriera salir de los trece cielos, pues si se atrevían a desobedecer serían castigados.

La joven y enamorada pareja se olvidó del aviso y bajó a la Tierra. Hallaron una rica variedad de animales, flores, sonidos y colores. Quedaron tan fascinados con el paisaje que decidieron quedarse a vivir cerca de un lago.

Los dioses se molestaron por su desobediencia y mandaron sobre la joven una misteriosa enfermedad. Izcozauhqui buscó desesperadamente algún remedio para su esposa. Al presentir su muerte, ella le pidió que la trasladara a una de las montañas para estar lo más cerca posible del cielo.

Izcozauhqui la condujo a la punta de una de las montañas. Junto a su amada colocó una tea encendida para brindarle calor y se quedó con ella como fiel acompañante. Fue así como la joven esposa se convirtió en Iztaccíhuatl, "la mujer dormida" y él en Popocatépetl, "la montaña que humea".

La claridad del nuevo día nos sorprendió en el jardín a mi abuelo y a mí. De pronto, el rico aroma de las tortillas cociéndose y los ruidos que venían de la cocina me hicieron volver a la realidad y corrí junto a mi madre para ver en qué podía ayudarla.

En mis recuerdos de la niñez está la imagen de mi mamá Amimilli siempre pendiente de nuestras necesidades, complaciéndonos en nuestros gustos, amable en su mirar y alegre en su carácter. Ella ha sido el centro y el calor de mi hogar. Su presencia en casa es como el corazón dentro del cuerpo. Siempre he admirado su capacidad de organización, atiende sus quehaceres domésticos y en la tarde ayuda a mi padre en el taller.

Desde muy temprano se levanta, se asea, ofrece incienso a los dioses y de inmediato se dirige a la cocina. Lo primero que hace es encender el fuego del fogón donde habita Xiuhtecuhtli, "señor del fuego", quien se encarga de cocer los alimentos. Enseguida, arrodillada ante el *métlatl* de piedra, muele el maíz. La casa se inunda con el rítmico sonido del palmoteo que producen sus delgadas manos al dar forma, entre ellas, a las bolitas de masa de maíz para hacer las blancas, delgadas y redondas tortillas que extiende en la superficie caliente del *comalli* de barro.

Hoy, mientras preparábamos el desayuno, una de las tortillas salió doblada al estar cociéndose, mi madre comentó que tendríamos visita durante la comida. Y así sucedió, pues al poco rato llegaron, no una, sino dos visitas, Xiuhpopoca acompañado de Ocopilli. Venían por mi papá para llevarlo al almacén que tienen en su casa para que viera y recogiera el nuevo cargamento de plumas de aves que trajo Xiuhpopoca de su último viaje al sur de los dominios de nuestro señor Moctezuma Xocoyotzin.

De inmediato los atendimos, alrededor del fogón coloqué los jarros de barro donde serví el *atolli* (atole) blanco, les acerqué un platón con fruta fresca y una cazuela con salsa de chile verde, tomates y pedazos de aguacate que yo preparé. Mientras desayunaban, mi madre echaba tortillas al *comalli*.

Cuando terminaron de desayunar Ocopilli se me acercó a preguntarme cómo me sentía fuera del *calmécac*. Le dije que estaba muy contenta con mi familia pero extrañaba a mi maestra Xánath. Él me comentó que pronto saldría en su primera expedición comercial para irse preparando como *pochteca* y que sólo esperaba que su madre diera a luz. Prometió que me traería una pluma del ave llamada *quetzaltótotl*, las plumas que más apreciamos los *mexicas*.

Al *quetzaltótotl* se le considera el ave más preciosa de todas. El color de sus plumas recuerda el verde de la naturaleza y por lo tanto se asocia a la fertilidad. Nuestro dios de la sabiduría y la espiritualidad, el que rige el *calmécac*, lleva por nombre Quetzalcóatl, "serpiente de plumas preciosas". Por ello la imagen del *quetzaltótotl* se emplea para designar a las cosas como "preciosas".

Ocopilli es un joven brillante y un buen hijo que sabe que debe seguir el oficio de su padre. Le pregunté si fue difícil para él renunciar a su sueño de pertenecer a una de las órdenes militares más importantes de Tenochtitlan, la de los guerreros *cuauhtli*. Me respondió con un tono firme, agradable a mis oídos, que ser *pochteca* es también una profesión difícil, hay que sacrificarse y renunciar a muchas comodidades cuando se emprenden los viajes, pero que en ello está la gloria. Con su oficio sirve al *tlatoani* y atiende las necesidades de nuestro pueblo.

Fue agradable platicar con Ocopilli. Se me quedó grabada en la memoria su penetrante mirada sobre mí que me provocó nerviosismo. Además hoy me sucedió algo que no comprendo. Resulta que mi mamá les preparó a Xiuhpopoca, Ocopilli y mi padre sus respectivas bolsas con comida para el camino. Yo las entregué a cada uno. Cuando le tocó el turno a Ocopilli, nuestros dedos se rozaron y tuve una sensación suave y cálida que recorrió todo mi cuerpo. Como atontada terminé de entregarle la bolsa y me quedé parada viéndolos alejarse hasta que la voz de mi madre, que me llamaba desde la cocina, me sacó de mi estado de fascinación.

Mi mamá me preguntó qué me pasaba porque me notaba extraña. No supe qué responderle y sólo atiné a decirle que estaba bien.

En cuanto Tonátiuh se guardó y la noche envolvió a Tenochtitlan, me fui a mi cuarto para confesar ante la imagen de Tlazoltéotl (la señora que come cosas sucias), lo que sentí cuando mis dedos se rozaron con los de Ocopilli. Esto no está bien para alguien que va a ser sacerdotisa y, por lo tanto, deberá vivir en suma castidad de pensamiento y cuerpo. Una vez que concluí mi confesión me impuse no permitirme volver a experimentar lo que hoy viví.

Metztli tozoztontli, xíhuitl 13 tochtli (abril de 1518)

Me he impuesto un ayuno y penitencia de varios días para pedir a los dioses que saquen de mi cabeza todo pensamiento impropio. Hoy fue un día de prueba pues mi mamá y yo lo dedicamos a visitar a mi amiga Xiuhtótotl y a Élotl, la mamá de Ocopilli, pues las dos están embarazadas. Dice mi mamá que Élotl en cualquier momento nos da la sorpresa.

Élotl y mi mamá son amigas desde que eran adolescentes. Son hijas del *calmécac*, colegio donde las mujeres recibimos una educación encaminada a hacer de nosotras buenas esposas, madres o sacerdotisas.

Hoy que visitamos a Élotl recordé un relato sobre el origen de los niños. Según me contó mi maestra Xánath, en la parte más alta de los trece cielos que componen la bóveda celeste de nuestro universo está el Omeyocan, lugar de residencia de Ometecuhtli y Omecíhuatl, "nuestros padres creadores". Aquí ellos hacen las almas de los pequeñitos que van a mandar a la Tierra. Una vez que las terminan las colocan en pequeños cuerpos. Los nuevos seres son enviados a un sitio donde los dioses tienen plantado un frondoso árbol llamado *chichicuauhtli* (árbol de leche). Este lugar sólo lo habitan niños. Es el mundo de la inocencia donde existen prados verdes y flores de colores hermosos y alegres; las mariposas aletean por todos lados, los pájaros inundan el ambiente con sus melodiosos cantos y los niños siempre están jugando y cuando tienen hambre se acercan a las hojas del *chichicuauhtli*, que tienen la forma de tetas y maman una deliciosa leche que les llena de regocijo el cuerpo y el alma.

Cuando Ometecuhtli y Omecíhuatl conceden el don de dar generación a una mujer, colocan el alma del nuevo ser en su vientre. Así es como los niños bajan a la Tierra.

Primero visitamos a Xiuhtótotl con la cual no pude quedarme mucho tiempo, pero por lo poco que platicamos me di cuenta que mi amiga ya es una mujer, luce un radiante y maternal semblante. Me dijo que esta muy ilusionada porque pronto será mamá, algo que ella anhelaba. También Xiuhtótotl me preguntó si realmente quería ser sacerdotisa. Ella piensa que yo debería casarme y ser mamá. Le contesté que mi *tonalli* era servir a los dioses, que de ello estaba muy segura.

Pasamos la mayor parte del día en casa de Élotl, su esposo y Ocopilli afortunadamente habían salido a arreglar sus asuntos de comercio. Mi mamá y yo la acompañamos toda la tarde.

Mi mamá con cariñosa paciencia escuchó las quejas de dolor y de incomodidad que Élotl sufre por la cercanía del parto. Es el segundo hijo que va a tener después de quince *xihuitl*, exactamente la edad de Ocopilli. Según nos dijo, en su casa todos están contentos y agradecidos con los dioses Ometecuhtli y Omecíhuatl por haber derramado su bondad sobre ellos haciéndoles llegar una "preciosa pluma", un "precioso jade".

Quiero mucho a Élotl, pero a veces me impacienta porque es muy quejumbrosa; mi amiga Xiuhtótotl, que está esperando su primer hijo, es más discreta. A pesar que Élotl tiene a su *tícitl*, la señora que cuida su preñez y que la atenderá en el alumbramiento, acude a mi madre en busca de consuelo y afecto.

A media tarde llegó la *tícitl* y le preparó el *temazcalli* para que se diera un baño de vapor. Yo acompañé a la *tícitl* para ver qué aprendía y observe que prendió el fuego y calculó la temperatura del agua pues, según me dijo, si se calentaba demasiado el niño podía "tostarse".

Cuando estuvo listo el *temazcalli*, ingresaron la *tícitl* y Élotl que se recostó sobre un *petlatl* (petate) para recibir el vapor que se produce cuando se echa agua a las piedras calientes. La *tícitl* le frotó todo su cuerpo con un manojo de hierbas y palpó su vientre para ver cómo estaba acomodado el niño. Élotl salió del *temazcalli* relajada y respiró tranquila cuando la *tícitl* nos informó que todo marchaba bien.

Mientras ellas estaban en el baño de vapor, mi madre me reprochó mi actitud de impaciencia con Élotl. Según me explicó, hay que escuchar las quejas de la mujer preñada para que el niño nazca bien, mimarla y evitar que se enoje, se asuste o esté triste pues eso se lo pasa a la criatura. También se debe cuidar que no duerma durante el día porque el niño nacerá con los párpados hinchados y que no mastique chicle pues las encías del niño se pondrían gruesas y no podría mamar. La futura mamá debe comer todo lo que se le antoje, procurando que sean alimentos blandos y calientes, pero evitar los tamales pegados a la olla pues la criatura se le pegará al vientre y su parto será difícil.

Cuando llegaron Ocopilli y su papá, le pedí a mi mamá que nos retiráramos. No tuve más remedio que despedirme de Ocopilli, pero me percaté de que aquel niño con quien jugaba es ahora un gallardo joven.

Ni modo, volveré a los ayunos y penitencias por fijarme en lo que no debo.

Metztli tozoztontli, xihuitl 13 tochtli (abril de 1518)

Afortunadamente se me ocurrió traer del *calmécac* mis pliegos de *ámatl* donde están pintadas la historia, la doctrina y el pensamiento antiguos. Desde pequeña he sentido una fascinación por nuestro pasado y por aquello que nuestros *tlamatinime* (sabios) llaman *in xóchitl in cuícatl* (flor y canto, poesía), la más sublime expresión del pensamiento y sentir del hombre. Gracias a mi maestra Xánath, que domina el conocimiento del legado cultural de mi pueblo, he podido ingresar a este maravilloso mundo del saber.

Desde que salí del *calmécac* he estado ocupada en diversos quehaceres cotidianos, he dejado que malos pensamientos entren a turbar mi corazón y por eso desde ayer decidí ocupar mi tiempo libre en la lectura de los signos que están pintados en mis pliegos de *ámatl*. El estudio, la memorización de cantos y de poesía han sido para mí un mundo donde encuentro bienestar y dicha.

Ayer encontré unos papeles donde se describe la naturaleza del artista. El artista es un predestinado y debe tenerlo en cuenta para que viva de acuerdo con su *tonalli*, y por lo tanto viva en armonía con él mismo y con la voluntad de los dioses. Según nuestro calendario ritual, los que nacen el día *ce Xóchitl*, cuyo signo es una flor, serán artistas. Recordé que mi padre nació en una fecha así, por eso él ha dedicado su vida al arte plumario.

Cuando era pequeña grabé en mi memoria y guardé en mi corazón un pensamiento que alguna vez mi amado padre me dijo: "Todo artista debe ser hábil y sutil. El artista en su obra deposita sus emociones y lo más noble de su pensamiento. En la obra se deja el ser y se ofrece a los dioses."

Mi padre Tletonátiuh es todo un artista, posee una imaginación creadora, su mente siempre está generando ideas creativas. Es dueño de una asombrosa habilidad y completo dominio del arte plumario. Es un *amanteca*, un auténtico artista de las plumas.

Mi abuelo Quetzalhuéxotl, con un tono de padre orgulloso, me comenta que mi papá desde niño manifestó una innata sensibilidad artística y una excepcional habilidad para el arte de trabajar con plumas de ave.

En Tenochtitlan, dentro del grupo de los artistas plumarios, existen dos clases de *amantecas*: los que laboran en el *tecpac* (palacio) al servicio del *tlatoani*, como mi abuelo que trabajó ahí durante el gobierno de Ahuítzotl y con el tiempo puso su propio taller y se independizó, y los *amantecas* independientes que trabajan en sus casas y venden lo que realizan por cuenta propia.

Mi papá tiene su taller en casa y lo ayudan mi abuelo, mi mamá y mi hermanito Xocotzin, quien está aprendiendo el oficio para que no se pierda la tradición en nuestra familia.

Hoy, después de cumplir con mis labores domésticas pasé la tarde en el taller ayudando a mi familia. Yo conozco del oficio de arreglar las plumas pues desde niña lo aprendí de mis padres y en el *calmécac* nos enseñan, a las doncellas que nos preparamos para el servicio de los dioses, a confeccionar y bordar con plumas la ropa de los sacerdotes, los adornos de los dioses y los atuendos para las ceremonias especiales.

En el taller de mi familia todos están organizados y cumplen con sus respectivas obligaciones. Hoy presencié cómo mi abuelo hace el papel de algodón. Sobre la superficie limpia de una penca de *metl* (maguey), unta pegamento y coloca una capa de algodón que debe quedar bien estirada. La deja secar y vuelve a untar pegamento y una vez seca, la desprende con un gancho. Este tipo de papel debe quedar muy delgado para poder manejarlo con facilidad.

Xocotzin, por su parte, tiene la responsabilidad de preparar el pegamento que obtiene de los tallos de una planta. Recolecta los tallos, los limpia y los corta en pedacitos; los pone a secar al sol para luego molerlos y la harina que resulta la disuelve en agua.

Mi papá dice que en el arte plumario se usan dos clases de plumas: las "plumas preciosas" que provienen del *quetzaltótotl*, el *tlauhquéchol*, el *ayocuan*, el *huitzitzilin* y el *itzcuauhtli* que son aves que viven en las tierras calientes del sur, y las "plumas corrientes" de los pájaros que habitan en la laguna, este plumaje se tiñe y se usa como base de las primeras.

Mi mamá borda las plumas a los atuendos que encargan los *pipiltin* (nobles) o los guerreros para sus fiestas o ceremonias. Mi madre diseña sobre las mantas de algodón grecas, figuras de animales y de flores que luego rellena de color pegando las plumas.

Mi abuelo y mi papá dicen que los dioses proveen a los *amantecas* de todo el material que necesitan para su oficio. Los dioses derramaron toda una gama de espléndidos colores en el plumaje de las aves para que los *amantecas* obtengan el verde dorado en el *quetzaltótotl*; el verde esmeralda, azul y rojo en el *tzinitzcan*; el azul brillante y morado en el *xiuhtótotl*; el rosa en el *tlauhquéchol*; el negro verdoso brillante y azulado en el *ayocuan*; el blanco en el *áztatl*; el azul, rojo y amarillo en el *toztli* y los colores del arcoiris en el *huitzitzilin*.

Hoy trabajamos con la técnica del mosaico, pues mi padre tiene que entregar una fuerte cantidad de *chimallis* (escudos) que le encargaron unos guerreros mexicas para una ceremonia religiosa en la cual van a participar.

Observé con detenimiento cómo trabaja mi papá. Primero, en el papel de algodón traza un diseño y lo refuerza con papel de *ámatl*. En una tabla de madera recorta el dibujo con un cuchillo de cobre. Sobre el papel de algodón reforzado pega primero las plumas corrientes para que sirvan de base, y luego las plumas preciosas. En esta parte del proceso mi papá me hizo pegar plumas a un trabajo que estaba por concluir.

Mientras me decía qué tonos de color de pluma eran los del dibujo, mi papá me hizo ver que en el oficio plumario una cosa es pegar plumas y otra muy distinta hacer arte plumario. En el arte plumario tiene que haber magia, que ésta la da el verdadero *amanteca*, el artista. La magia depende más de los buenos impulsos o intuición del *amanteca*, que de su capacidad técnica. Puso en una de mis manos un par de plumitas de *huit-zitzilin* y me dijo que si yo quería colocar esas plumas y que quedaran bien puestas en el dibujo, tenía que dejar fluir de mi mente, mi corazón y mis entrañas el impulso que me indicaría dónde ponerlas y qué colores utilizar, pues en el interior del artista está la magia de una obra, aquello que le da vida.

Amo y admiro a mi padre por su visión de la vida y su calidad espiritual y humana. Es un hombre que considera que todo ser humano debe ser maestro y aprendiz al mismo tiempo, pues la vida aquí sobre la Tierra es una continua enseñanza. Dice que él no sabe nada más que lo que los dioses generosamente le van permitiendo conocer. Su máxima en la vida es conservar la calma y la paciencia en medio de las tempestades.

Mientras estabamos ocupados, mi abuelo Quetzalhuéxotl le pidió a Xocotzin que recitará en voz alta un canto que dice cómo debe ser un buen *amanteca*:

El artista de las plumas.
Íntegro: dueño de un rostro, dueño de un corazón.
El buen artista de las plumas:
hábil, dueño de sí,
de él es humanizar el querer de la gente.
Hace trabajos de plumas,
las escoge, las ordena,
las pinta de diversos colores,
las junta unas con otras.

Metztli tozoztontli, xihuitl 13 tochtli (abril de 1518)

Desde antes que tocaran el caracol marino anunciando la próxima salida de Tonátiuh, estuve en la cocina con mi mamá ayudándole a preparar el *nixtamal*, el maíz cocido con cal para elaborar la masa con que se hacen las tortillas. Ella dice que es necesario hacer esto con el maíz para que sea más nutritivo y fácil de manejar.

Desde que era niña mi mamá me enseñó cómo arrodillarme frente al *metlatl* y tomar el *metlápil* (hijo del metate) para quebrar el maíz cocido varias veces hasta lograr una masa suave y lista para "echar tortilla". Eso de moler el *nixtamal* inclinada es agotador y queda uno molido del cuerpo junto con el maíz.

A medio día recibimos la visita de mi tía Xóchatl y mi prima Citlalin. Admiro y quiero mucho a Citlalin, tenemos la misma edad. Siempre he pensado que los dioses depositaron en ella un ramillete de cualidades que la hacen ser una joven sencilla, amable en el trato, agradable y muy obediente a la voluntad de sus mayores. Mi prima posee una resplandeciente belleza física y espiritual.

Desde pequeñas nos hemos confiado nuestras cosas personales y ahora que platicamos de cómo se siente ante su próximo matrimonio, me confesó su estado de nerviosismo, de miedo y de ilusión a la vez. Dice sentir un enjambre de emociones encontradas y que no tiene palabras para poder definirlas.

Está contenta porque Quauhcóatl (Serpiente-águila), el joven con quien se casará, es de nobles sentimientos, inteligente y con una prometedora carrera militar. La familia del futuro esposo de Citlalin pertenece a la nobleza *mexica*, así que pronto seré prima de una *pilli* (noble).

En este asunto veo la mano ambiciosa de mi tío Tepeyolotli. Siendo funcionario del *tecpan*, astutamente concertó muy bien este enlace matrimonial entre su hija y el hijo de un *pilli* con la finalidad de pertenecer a la nobleza *mexica*.

Citlalin, mi amiga Xiuhtótotl y yo somos hijas del *calmécac* pues, siendo aún de cuna, nuestros padres nos ofrecieron a los dioses para tener su protección y nos prometieron a este colegio.

Como dictan nuestras costumbres, mientras llegábamos a la edad conveniente estuvimos bajo el cuidado de nuestras madres quienes nos enseñaron lo que toda buena mujer *mexica* debe aprender: bordar, cocinar, hilar y tejer. Cuando llegó el momento, ingresamos al *calmécac* y se encargó de nosotras Xánath, que ha sido una tea que ha alumbrado nuestro camino; nos ha transmitido sus conocimientos y nos ha ayudado, con su saber y experiencia, a desarrollar nuestra personalidad.

Mi maestra nos inculcó ser humildes, trabajadoras y respetar a los mayores. Cuidó que lleváramos una vida de castidad y de penitencia, por eso nos hacía levantarnos a media noche a barrer el *teocalli* y mantener los braseros encendidos para quemar *copalli* (copal) y ofrecerlo a los dioses.

Recuerdo el día que mis tíos Tepeyolotli y Xóchatl fueron al *calmécac* a pedir la autorización para que Citlalin abandonara el colegio. Como es costumbre, ofrecieron una comida para formalizar la salida de mi prima y para que nuestras ancianas maestras le dirigieran una serie de consejos y recomendaciones para su futura vida matrimonial.

La noche anterior, Citlalin lloró al despedirse de Xánath quien la consoló y le dijo que ya era el momento de cumplir con la misión que como mujer los dioses le habían impuesto, que ya estaba preparada para ser esposa y madre.

Mientras mi mamá y mi tía platicaban en el jardín, Citlalin y yo fuimos a mi cuarto y le pedí que me platicara todo sobre los preparativos de su boda. Me contó desde la tradicional petición de las *cihuatlanque* (casamenteras) que visitaron a mis tíos para pedirla. Como dicta la buena costumbre, mis tíos, los padres de la novia, no dieron el sí de inmediato. Tal parece que hay que hacerse del rogar argumentando que la joven no está preparada para ser una buena esposa.

La boda se efectuará en pocos días y me comentó Citlalin que mi tía Xóchatl ya habló con ella. Con palabras elocuentes le dio muchos consejos para que logre un buen matrimonio. Principalmente le recomendó tres cosas: amar, obedecer y servir al esposo.

Según mi prima, fue largo el discurso pero guardó en su mente y en su corazón un fragmento que me recitó de memoria y que dice así: "Que tu esposo encuentre siempre en tu regazo amor y tranquilidad. Cuando llegue enojado y riña, no pelees con él, no te enfades con él, antes bien guarda silencio y mírale con amor y comprensión".

Citlalin me preguntó si estoy convencida y decidida a ser sacerdotisa, pues de ser así deberé renunciar a la idea de casarme y formar un linaje nuevo. Ella siempre pensó que yo me casaría con Ocopilli, pues como sus padres y los míos son buenos amigos y nosotros nos conocemos desde niños, el matrimonio entre él y yo sería lo más natural. Manifestó no entender mi voluntad, pues todas las doncellas sueñan con el día que saldrán del *calmécac* para casarse.

Me molestó su comentario pero, con toda la calma que pude sacar de mí, tragándome el enojo, le respondí que mi decisión estaba tomada, y que mis padres me apoyaban y estaban contentos porque yo dedicaría mi existencia a servir a nuestros dioses.

Metztli huey tozoztli, xíhuitl 13 tochtli (abril - mayo de 1518)

Hoy da comienzo el cuarto *metztli* de nuestro calendario *xíhuitl,* el de la cuenta de los 365 días. En este mes honramos al dios Cinteotl y a la diosa Chicomecóatl, "señores del maíz". Desde anoche mi mamá, Xocotzin y yo colocamos sus imágenes en el altar de la casa, les pusimos su ofrenda de comida junto con varias cañas tiernas de maíz adornadas con flores.

Mientras arreglábamos el altar mi mamá recitó un canto que inicia así: "Yo soy la mazorca tierna del maíz, una esmeralda es mi corazón", lo hizo con la finalidad de explicarle a Xocotzin lo valioso que es el maíz para nuestro pueblo. También nos contó una leyenda al respecto.

En la antigua ciudad de los toltecas, Tula, en un *tlachtli* (juego de pelota) se enfrentaron el gobernante tolteca, Huemac, y los *tlaloques* (ayudantes del dios Tláloc). Huemac, que era un hombre ambicioso e iracundo, apostó lo que para él era valioso: hermosas plumas de *quetzaltótotl* y piedras de jade. La fortuna estuvo de lado del tolteca quien derrotó a los *tlaloques.* Cuando éstos le pagaron con mazorcas de maíz, Huemac se puso furioso pues para él eso no era de gran estimación. Para castigarlo, los *tlaloques* enviaron sobre Tula varias sequías que provocaron que no se diera el maíz y que la población muriera de hambre. Huemac tuvo que doblegar su orgullo y sacrificar a su hija, la doncella Toxcuecuex, para que los tlaloques le levantaran la pena y llegaran las lluvias a Tula.

He observado a mi pequeño hermano Xocotzin, es un niño que refleja salud, energía y alegría. Le encanta treparse al árbol que está en el jardín de la casa. Es risueño, su risa es franca e inocente y muy contagiosa. Es inteligente, curioso, hace muchas preguntas y es muy observador. Mis padres han procurado sembrar y cultivar en mi hermanito un respeto y cariño hacia mí. Poco nos conocemos Xocotzin y yo, cuando él nació yo acababa de ingresar al *calmécac*. Las ocasiones que me iban a visitar al colegio no fueron suficientes para desarrollar un lazo fraternal estrecho entre nosotros, pero en el tiempo de estar en casa, Xocotzin ha sido muy cariñoso y atento conmigo.

Dentro de poco Xocotzin también ingresará al *calmécac*. Mis padres lo ofrecieron a este colegio donde aprenderá de los *tlamacazque* (maestros) todo lo que es necesario conocer de la vida.

Mi padre dice que a sus siete *xíhuitl* de vida, Xocotzin manifiesta, una gran sensibilidad y habilidad para el arte plumario. Su deseo es que mi pequeño hermano alcance la calidad de *toltecatl*, máximo título a que puede aspirar un artista. *Toltecatl* nos recuerda que todo nuestro conocimiento, arte y sabiduría nos viene de los antiguos toltecas, los artistas por excelencia.

Mis padres han querido para Xocotzin y para mí la mejor educación, por ello nos han ofrecido al *calmécac* donde, por medio de la disciplina y la penitencia, se forja la personalidad, se doma el orgullo y la vanidad para llegar a ser humilde.

Mientras llega el tiempo en que Xocotzin ingrese al colegio, hoy disfruté de su deporte favorito. Asistimos al *tlachtli* que se celebró en el gran centro ceremonial de Tenochtitlan.

Hoy tuve la buena fortuna de ver a nuestro *tlatoani* Moctezuma Xocoyotzin. Cuando íbamos llegando al gran *teocalli* por la entrada de donde parte la calzada que va a Iztapalapa, él y su comitiva salían del recinto. Moctezuma era conducido en un *icpalli* (asiento) por cuatro hombres. El *icpalli* estaba lujosamente adornado, el techo era de tela de algodón verde con aplicaciones de plumas de *quetzaltótotl*. A sus lados iban sus funcionarios luciendo elegantes atuendos. Cuando él pasó por donde estábamos nosotros, bajamos la vista y un silencio reverente se dejó sentir en el lugar.

En torno a la figura de Moctezuma Xocoyotzin se rumoran muchas cosas, algunas buenas y otras malas, como que él es inaccesible para su pueblo, que es muy severo consigo mismo, con sus funcionarios y sirvientes, incluso se dice que es cruel, supongo que es porque castiga duramente cuando alguno comete una falta grave. Sabemos que es un hombre muy devoto e instruido que conoce a profundidad nuestra religión.

En alguna ocasión lo vi cuando presidió una ceremonia religiosa en el gran centro ceremonial. Moctezuma tiene 50 *xíhuitl*, a pesar de esta edad, proyecta una vitalidad que le hace tener una buena y joven apariencia. Es un hombre delgado y de piel morena, el largo de su cabello le llega hasta las orejas y su mirada la recuerdo serena, no arrogante como dicen por ahí.

Cuando el *tlatoani*, con su gente, había pasado, nosotros ingresamos al recinto sagrado para dirigirnos al sitio donde se llevó a cabo el *tlachtli*. Xocotzin, muy entusiasmado me explicó en que consiste este juego. Según recuerdo, el número de los jugadores es variable y se dividen en dos equipos. La regla es que la pelota únicamente se puede golpear con las asentaderas, caderas y rodillas; no está permitido meter las manos, los brazos, los pies o las pantorrillas. El partido se juega "a tantos y a rayas", es decir, se va marcando y cuando se alcanza el número convenido, el equipo que lo completa primero es el ganador, pero si algún jugador logra pasar la pelota a través del anillo, gana.

El partido que presenciamos estuvo reñido, todos los participantes jugaron con gran destreza. No dejaron que la pelota parara en todo el tiempo que duró el juego.

Los jugadores iban vestidos con un *máxtlatl* (braguero) y protectores de cuero de venado para protegerse las partes del cuerpo con que golpean la pelota y para aquellas expuestas a las caídas.

Debido a la rudeza de este juego, siempre hay accidentes. Xocotzin me contó que en un partido vio cómo uno de los jugadores murió en la cancha cuando la pelota le golpeó el abdomen. Me lo describió con tanto detalle que al sentir escalofrío y náuseas le pedí que cerrera la boca.

Pude tener en mis manos una pelota y descubrí que es de un material elástico muy duro. Mi abuelo me dijo que la elaboran con *olli*, una sustancia que se extrae de un árbol de tierra caliente llamado *olcuahuitl*. A pesar de la buena condición física y destreza de los jugadores, el impacto de la pelota en su cuerpo los deja muy lastimados y amoratados.

A este juego asisten tanto los *pipiltin* como los *macehualtin* (gente del pueblo). Los *pipiltin* apuestan joyas, plumas de *quetzaltótotl*, finas mantas de algodón e incluso *tlatlacotin* (esclavos). Me sorprendió ver como un *pilli* apostó su casa y su *chinámitl* (chinampa) y un *macehual* se apostó a sí mismo. Los dos perdieron.

Xocotzin estaba muy contento pues su jugador favorito logró meter la pelota por uno de los anillos de la cancha y con ello ganó el juego. Lo premiaron con mantas de algodón y plumas de *quetzaltótotl*.

Mi abuelo Quetzalhuéxotl me comentó que en su tiempo, cuando algún jugador destacaba por su destreza el *tlatoani* lo invitaba a su palacio, donde le daba insignias o le concedía privilegios que lo hacían ascender socialmente y convertirse en gente rica y de prestigio.

En alguna ocasión Xánath me explicó que este juego no sólo es una diversión sino que tiene un carácter religioso y ritual, por esta razón se construyen canchas de juego en los centros ceremoniales pues el universo se concibe como una cancha de pelota donde luchan los dioses de la luz contra los dioses de la oscuridad. En este espacio se representa el curso de nuestro padre Sol que asume la forma de pelota. Según le entendí, es necesaria esta lucha de las fuerzas contrarias para alcanzar un equilibrio en el universo. Por eso los jugadores de pelota deben realizar una ceremonia ritual la noche anterior al partido. Ésta consiste en colgar en un palo los bragueros, los protectores de cuero y la pelota. Frente a sus cosas hacen oración, queman incienso en un brasero y ofrendan a Amapan y Oappatzan, dioses de juego y de la pelota.

Cuando concluyó el juego, por la salida que tomamos vi de lejos cómo se curan los jugadores. Se introducen una navaja en las partes del cuerpo golpeadas por la pelota para que salga la sangre que se les acumula. Este espectáculo no lo resistí y rápido me retiré del lugar.

Fue un día agotador pero agradable porque compartí con Xocotzin su deporte favorito.

Metztli huey tozoztli, xihuitl 13 tochtli (abril – mayo de 1518)

¡Qué ciertas han sido las palabras que Xánath me recomendó guardar en mi mente y en mi corazón! Este día confirmé una de ellas: "Mientras el hombre camina por la vida, nunca deja de conocer cosas. La vida es un continuo aprendizaje."

Ansiaba llegar a casa para registrar la experiencia que hoy viví. Creo que no podré dormir, pues la impresión que me causó presenciar el nacimiento de la hija de Élotl fue demasiado fuerte para mí.

Antes de que diera el mediodía, mi mamá y yo fuimos al *calpulli* de Tlatelolco donde vive Élotl. Mi mamá ha estado muy pendiente de su amiga y presintió que hoy sería el día del alumbramiento. No se equivocó.

Cuando llegamos a la casa encontramos a Xiuhpopoca paseándose de un lado a otro frente al cuarto donde estaba su esposa. Ocopilli estaba sentado y con un semblante sereno. Cuando nos vio llegar se incorporó para recibirnos y saludarnos amablemente. Yo contesté el saludo con la mirada baja porque no resistí la suya.

Mi madre y yo entramos al cuarto de Élotl que ya estaba acompañada por la *tícitl*. Al vernos, sonrió tranquila y mi mamá cariñosamente la abrazó para confortarla y decirle, con un tono suave de voz, que todo saldría bien.

Yo no sabía qué hacer ni dónde acomodarme. Cuando me dirigía a la salida, la voz de mi mamá me paró en seco y me indicó que no me separara de su lado para que ayudara en lo que se ofreciera.

El trabajo de parto inició cuando Élotl manifestó que los dolores arreciaron. Su *tícitl* le preparó el *temazcalli* para que el baño la relajara y le dio a tomar una pócima preparada con la raíz molida de una hierba llamada *cihuapatli*, bebida que facilita el alumbramiento.

La *tícitl* indicó a mi mamá que era el momento de poner a Élotl en posición para el trabajo de parto y a mí me pidió que tuviera listos los paños para cuando naciera el niño.

Mi mamá sostuvo a Élotl de las axilas para que se pusiera en cuclillas. Élotl separó sus muslos y los pegó al vientre y la *tícitl* se colocó frente a ella. Élotl comenzó a pujar y gemir, la pobrecita sudó mucho y sus gestos de dolor me estremecieron el corazón y el cuerpo. Sentí escalofrío y ganas de salirme del cuarto, pero mi mamá con una dura mirada me detuvo. Este momento se me hizo eterno, todavía retumban en mis oídos los lamentos de dolor y los esfuerzos que Élotl hacía para empujar a la criatura hacia fuera.

Como un eco recuerdo que escuché la voz de la *tícitl* anunciando que ya se veía la cabeza del niño. De pronto, la criatura salió y la *tícitl* lanzó un fuerte grito, como el que dan los guerreros en el campo de batalla, pues tenemos la creencia de que la mujer que da a luz es una guerrera que vence a la muerte y captura a un nuevo ser que se convertirá en un guerrero al servicio de nuestro dios Huitzilopochtli (señor de la guerra).

La *tícitl* anunció que había nacido una niña. De inmediato le dio la bienvenida. A pesar de que yo estaba aturdida, me conmovieron las frases que le dirigió a la pequeñita: "Sé bienvenida pluma preciosa, piedra preciosa. En esta casa esperábamos tu llegada. Tus padres en la Tierra te saludan, preciosa doncella. Ahora descansa que el viaje que emprendiste desde el lugar donde moran las almas de los nuevos seres es largo y fatigoso."

Después de pronunciar estas palabras, la *tícitl* recogió la sangre que salió de entre las piernas de Élotl y cortó el cordón umbilical que enterró debajo del fogón de la casa como señal de que el *tonalli* de la niña, como el de toda mujer, será estar siempre en la casa.

La *tícitl* rezó una oración a Chalchiuhtlicue (señora del agua), mientras lavaba a la pequeñita para limpiarla de cualquier contaminación que hubiera adquirido en el vientre de Élotl. Al terminar me pidió los paños limpios para envolverla y depositarla en los brazos de su madre. Élotl la recibió dándole varios besos en su cabecita y pude ver cómo su criatura extendió sus diminutos labios en busca del pecho de su madre.

Antes de que Élotl tuviera entre sus brazos a su niña, se veía muy demacrada y cansada, pero en cuanto se la entregaron, una repentina luz iluminó su semblante y la habitación se inundó de una acogedora tranquilidad.

Afuera esperaban Xiuhpopoca y Ocopilli y en cuanto escucharon que había nacido una niña se llenaron de gusto. Al salir mi mamá y yo del cuarto de Élotl, nos agradecieron haber estado en el alumbramiento, nos despedimos y Xiuhpopoca tuvo la amable atención de mandar a una de las personas que le ayudan en sus expediciones comerciales para que nos acompañara a casa.

Cuando llegamos a casa, mi mamá le platicó a mi papá y a mi abuelo del nuevo nacimiento. Yo me fui a preparar el *temazcalli* para relajarme. Más tarde pasó a mi cuarto mi mamá con una bebida de hierbas que calman los nervios y me preguntó cómo me sentía. Le confesé que me impresioné mucho pues nunca había presenciado un alumbramiento. Mi mamá esbozó una comprensiva sonrisa, me abrazó, acarició mi cabello y me dijo que esto era parte de la vida de una mujer, que la maternidad es una don con el cual los dioses adornaron a la mujer y donde encuentra su motivo para vivir.

Creo que ser madre es una experiencia difícil de explicar y que se tiene que pasar por ella para entenderla. A pesar del miedo que sentí al presenciar el parto, cuando vi a la pequeñita pegada a los senos de su mamá, el temor que había en todo mi cuerpo fue desplazado por la ternura que me invadió. La escena que presencié fue conmovedora y, por un instante, cruzaron por mi mente las palabras de mi prima Citlalin cuando me preguntó si estaba segura de querer ser sacerdotisa.

En este momento sólo acierto a decirme a mí misma que la maternidad es algo a lo que deberé renunciar.

Metztli huey tozoztli, xihuitl 13 tochtli (abril – mayo de 1518)

A pesar de mi cansancio por el intenso día que viví ayer, no pude dormir. La escena del alumbramiento no se apartaba de mi mente y salí al jardín para contemplar las montañas sagradas, centinelas eternos de Tenochtitlan, el Iztaccíhuatl y el Popocatépetl. Xánath me recomendó que cuando me sintiera así cesara toda actividad y me sentara a observar con detenimiento la naturaleza y que la tranquilidad de ésta fluiría a través de mí. Practiqué el ejercicio y cuando aparecieron las primeras luces del nuevo día yo estaba en completa paz y armonía.

Hoy tuvimos una visita grata, pues vino a saludar a mi abuelo Quetzalhuéxotl un antiguo y gran amigo, Tlacatéotl (Hombre divino), que es un *tlamatini* (sabio).

Los llamados *tlamatinime* (sabios) son el camino y la guía de los demás, los que remedian las cosas humanas dando buenos consejos. Sus enseñanzas alumbran el camino de los hombres. Ellos son poseedores del conocimiento de la región de los muertos.

Tlacatéotl enseña en el *calmécac* que está en el gran centro ceremonial de Tenochtitlan y conoce a Xánath desde que, tanto él como ella, estudiaban en el colegio. He escuchado que él es considerado uno los mejores *temachtiani* (maestro) que educan a los varones en toda Tenochtitlan. Es un hombre que a pesar de ser muy reverenciado por su sabiduría es muy sencillo en su trato. Su rostro está surcado de arrugas y sus ojos son intensamente negros, como el color de la piedra de obsidiana. Es amable, su voz es pausada y transmite confianza y dulzura. Xocotzin lo admira y lo aprecia mucho.

Mi abuelo y Tlacatéotl son amigos desde niños, pues vivían en el mismo *calpulli*. Iban juntos a todas partes, trepaban árboles y nadaban en el lago; cuando alguno de los dos cometía una travesura, el otro también se responsabilizaba y el castigo se aplicaba a los dos. Pero cada uno siguió un camino diferente en la vida, mi abuelo optó por lo mundano y su amigo se dedicó al desarrollo del espíritu y a estudiar lo que es incomprensible para nosotros.

Xocotzin y yo acordamos pedirles a Tlacatéotl y a mi abuelo que nos platicaran de los tiempos pasados, cuando ellos eran mancebos. Los dos accedieron y nos acomodamos debajo del frondoso árbol plantado en medio del jardín de la casa, dispuestos a escucharlos con atención y mucho interés.

Tlacatéotl habló de la época en que Tenochtitlan fue gobernada por Axayácatl, cuando ellos todavía eran niños. Entre sus notables acciones militares se recuerda su victoria sobre Tlatelolco, ciudad comercial que se hizo próspera y alcanzó una fuerza política tal que se convirtió en rival de Tenochtitlan.

El señor de Tlatelolco, Moquíhuix, estaba casado con Chalchiuhnenetzin, hermana de Axayácatl. Se dice que Moquíhuix detestaba a su esposa porque, entre los defectos que le encontraba, el mal aliento le hacía insoportable su cercanía. Chalchiuhnenetzin se quejaba con su hermano y cuando se enteró que su esposo organizaba una conspiración contra Tenochtitlan, de inmediato se lo informó al *tlatoani mexica*. Axayácatl se adelantó y atacó Tlatelolco y en el encuentro murió Moquíhuix. Desde entonces los tlatelolcas quedaron sometidos a los *mexicas*.

Otro memorable acontecimiento de los tiempos de Axayácatl fue que se esculpió nuestra gran piedra del calendario, obra en la cual están representados los registros solar y adivinatorio. Mi abuelo y Tlacatéotl asistieron a su estreno.

En esta parte, Tlacatéotl cedió la palabra a mi abuelo de cuyos labios escuchamos la descripción de la ceremonia de estreno de la escultura. Según nos narró, el *tlatoani* y su consejero, el célebre Tlacaélel, organizaron los preparativos. Primero mandaron a los guerreros *mexicas* por prisioneros a Tliliuhtepec, pues sólo las víctimas habidas en guerra eran las indicadas para estrenar la piedra del calendario. Después se invitó a los Señores de Cholula, Huejotzingo, Meztitlan y Tlaxcala para que estuvieran presentes en el solemne acto.

El día señalado, mi abuelo y su amigo llegaron desde muy temprano al gran centro ceremonial de Tenochtitlan para presenciar la ceremonia desde primera fila y no perder ningún detalle de tan importante acontecimiento. Éste inició cuando arribaron al recinto sagrado el gran Axayácatl y Tlacaélel elegantemente vestidos con mantas bordadas de rica plumería, adornados con brazaletes de oro en piernas y brazos y portando collares de oro y piedras preciosas.

Los cautivos, que traían los cuerpos pintados y las cabezas emplumadas, fueron acomodados en fila. Un sacerdote portaba una tea encendida que tenía la forma de una *cóatl* (serpiente) y con la cual incensó la piedra. Acto seguido, el *tlatoani* comenzó a sacrificar a los prisioneros. Nos contó mi abuelo que él vio que cuando Axayácatl se cansaba le ayudaba Tlacaélel, y a éste lo reemplazaban sacerdotes.

Mi abuelo dijo que ese día fueron sacrificados muchos hombres y que Axayácatl cayó enfermo por el cansancio de ese día y al poco tiempo murió.

Mi hermano y yo estábamos tan absortos escuchando que no nos dimos cuenta cuando las luces rojizas del atardecer pintaron el horizonte y fue el momento en que Tlacatéotl se despidió y se retiró.

Escuchar las historias y las experiencias que guardan nuestros ancianos nos motiva a estudiar, a saber más cosas que el común de la gente ignora. En este sentido mi maestra Xánath, con su ejemplo, me ha inculcado no sólo el amor y respeto a nuestros dioses sino también al estudio de nuestras tradiciones y nuestro pasado. Ella dice que es importante que los *mexicas* sepamos de nuestro humilde origen para valorar la grandeza que hemos alcanzado, pero no para que nuestro corazón se envuelva de soberbia, sino para agradecer a los dioses y a los hombres que lucharon para que los *mexicas* brillaran con luz propia.

En cuanto terminé mis obligaciones domésticas, me retiré a mi cuarto y saqué mis hojas de *ámatl* donde revisé lo que se dice de la vida de Axayácatl.

Su padre se llamó Tezozomoctzin y su madre Huitzilxochitzin, doncella de Tlacopan. Sus hermanos fueron Tízoc y Ahuítzotl y su abuelo fue Moctezuma Ilhuicamina. Moctezuma Xocoyotzin, nuestro actual *tlatoani,* y Cuitláhuac son descendientes suyos.

Axayácatl fue el sexto *tlatoani* de Tenochtitlan. Bajo su gobierno los mexicas vivieron una época de integración política, expansión territorial y florecimiento cultural. Se le describe como un gobernante valeroso, pero sus hermanos rumoraron contra él pues no les hizo gracia que su hermano menor hubiera alcanzado la dignidad de *tlatoani.* Axayácatl contó con el apoyo y consejo del sabio Tlacaélel, su principal consejero. De este gobernante se registra que le gustaba estudiar todo lo relacionado con la religión y con el registro de los días, además era aficionado a la *in xóchitl in cuícatl,* la creación de cantares. De él he tenido la oportunidad de conocer dos de sus obras. La primera es un canto en el que recuerda a sus antepasados y la segunda es una composición triste por una derrota que sufrió.

Tres guerras importantes dirigió Axayácatl durante su gobierno. La primera fue contra los tlatelolcas. En la segunda, contra los matlatzincas, fue herido en una pierna; este hecho inspiró un cantar a una de las escasas mujeres mexicas que han cultivado la *in xóchitl in cuícatl*, Macuilxochitzin. Y la tercera guerra fue contra los tarascos de las tierras de occidente, donde sufrió una humillante derrota, la primera que sufrieron los mexicas. Este funesto acontecimiento lo dañó hondamente y minó tanto su salud que murió siendo aún muy joven.

Bien dice mi padre: "el arte necesita del dolor", pues gracias a la desdicha que sintió Axayácatl por su fracaso militar compuso un cantar titulado *Huehuecuícatl*. Uno de los fragmentos llamó mi atención porque vi en él a un Axayácatl emocionalmente derrotado:

Estoy abatido, soy despreciado,
estoy avergonzado, yo, vuestro abuelo Axayácatl.
No descanséis, esforzados y bisoños,
no sea que si huís, seáis consumidos,
con esto caiga el cetro
de vuestro abuelo Axayácatl.

Metztli huey tozoztli, xihuitl 13 tochtli (abril – mayo de 1518)

Hace un par de días pasaron a vernos Xiuhpopoca y Ocopilli, sólo para hacernos una formal invitación a la ceremonia de imposición del nombre de la recién nacida.

Xiuhpopoca nos comentó que él y su esposa Élotl ya habían consultado al *tonalpouhqui* (el que cuenta los destinos). El sacerdote, al revisar las tiras de papel *ámatl* donde están pintados los signos del calendario ritual y que constituyen el *tonalámatl* (libro adivinatorio), señaló el día favorable en que debían poner nombre a la pequeñita. Según salió indicado, el día con el signo *ozomatli* (mono) es afortunado y los nacidos en él gozan de buena fortuna; son gente de naturaleza amigable y alegre, nacen con habilidades para el canto y la danza.

Mi madre de inmediato se ofreció a ayudar a Élotl en los preparativos de la fiesta. Rápidamente confeccionó la *cuéitl* y la *huipilli* que le pondrían a la niña durante la ceremonia.

Hoy desde muy temprano, antes de que surgieran las primeras luces del alba, mis padres, mi abuelo, mi hermanito y yo nos encaminamos a la casa de Xiuhpopoca y Élotl.

Como lo indican nuestras costumbres, la *tícitl* que atendió el alumbramiento presidió el rito que consiste en un lavatorio y la imposición del nombre.

La casa fue adornada con lazos de flores frescas y aromáticas; el suelo lo cubrieron con *pachtli* (heno) y colocaron sobre éste pieles de animales para que sirvieran de asiento a los invitados.

La ceremonia se realizó en el patio de la casa. Al centro, sobre una manta, estaba un recipiente de barro con agua, la indumentaria de la recién nacida, una cestita y la réplica en miniatura de los instrumentos que se utilizan para hilar.

Cuando dio comienzo el rito, todos los asistentes nos ubicamos alrededor de la *tícitl* y guardamos silencio. Ella tomó a la pequeña entre sus brazos y le dirigió oraciones en voz muy baja. Luego humedeció sus dedos con el agua que había en la olla y puso unas gotas en la boca de la niña, le tocó su pecho, le salpicó su cabecita y lavó todo su pequeño cuerpo. Finalmente, la ofreció a los dioses y le impuso el nombre de Xiuhcózcatl (Collar de turquesas).

La *tícitl* vistió a la pequeña Xiuhcózcatl con las prendas que estaban sobre la manta e hizo que una de las manos de la niña tocara los instrumentos para hilar. Con este rito se simboliza las futuras actividades que como mujer desempeñará en su vida.

La ceremonia concluyó cuando la *tícitl* envolvió a la niña en una manta suave de algodón y la depositó en su cuna.

Xiuhpopoca y Élotl ofrecieron un banquete que estuvo de lujo y bien organizado. La actividad comercial de larga distancia le ha dado Xiuhpopoca y a su familia un muy buen nivel de vida a pesar de que no son *pipiltin*.

En *chiquihuites* (canastos) con mantas blancas de algodón estaban envueltos tamales rellenos de frijoles y carne, en otros había tortillas muy blancas y redondas. En varios platos de barro, traídos por Xiuhpopoca de Cholula, sirvieron diversos guisados. Había *huexólotl* (guajolote) preparado en salsa verde y pepitas, carne de *mázatl* adobada con chile rojo y yerbas aromáticas, pescado blanco en salsa roja y otros platillos que no probé.

En *xicallis* (jícaras) sirvieron el *atolli* para las mujeres y los niños porque el cacao espumoso está prohibido para las mujeres. Por supuesto que no faltó el tradicional *octli*, que es una bebida producto de la fermentación del jugo del *metl* (maguey) y que sólo pueden ingerirla los ancianos porque, según dicen, ellos tienen una esencia "seca y caliente" y el *octli* esta considerado como una bebida fría que pueden tomar sin peligro.

Tuve la oportunidad de tener en mis brazos a la pequeña Xiuhcózcatl. Sentir su tibieza y lo diminuto de su cuerpo, verla dormida, indefensa y tan tranquila, me inspiró a recitarle un cantar que aprendí en el *calmécac*:

> La niñita: criaturita,
> tortolita, pequeñita,
> tiernecita, bien alimentada.
>
> Como un jade, una ajorca,
> turquesa divina,
> pluma de quetzal,
> cosa preciosa,
> la más pequeñita,
> digna de ser cuidada,
> tierna niña que llora,
> criaturita que aparece limpia y pura.

Un suave calor recorrió todo mi ser y nuevamente por mi mente cruzaron las palabras de Citlalin: "deberás renunciar a la idea de casarte y formar un linaje nuevo". En mi interior percibí un dejo de tristeza por saber que yo nunca podré gozar de la maternidad. Ante tal pensamiento, decidí depositar a la niña en su cuna.

En el jardín me encontré con Ocopilli. Me preguntó si me sentía bien porque mi semblante se veía extraño. No supe que contestar y sólo lo miré. Sus ojos y su mirada llamaban demasiado mi atención. El muy cínico se atrevió a decirme que me había puesto muy bonita y que mi largo pelo negro le agradaba mucho. Confieso que me gustó escuchar esto pero tuve que tomar el control de mí, de volver a la cordura. Le dije que era un loco y un grosero, que cómo era posible que me ofendiera a mí que voy a ser sacerdotisa. Me miró directamente a los ojos y en tono risueño me dijo que me convertiría en una hermosa sacerdotisa y que era tonta mi idea de ser algo para lo cual no tengo buena vocación.

Afortunadamente mis papás llegaron y me avisaron que ya era el momento de retirarnos antes de que la noche nos sorprendiera en el camino. Nos despedimos de Xiuhpopoca y Élotl.

Aquí, en la intimidad conmigo misma, debo confesarme que me agradó la emoción que despertó en mí la pequeña Xiuhcózcatl y las atrevidas palabras de Ocopilli.

Ocopilli me provoca una emoción extraña y compleja, pues me atrae y a la vez siento rechazo porque sé que es algo prohibido para mí, pero no evita que me guste. Esta es una tentación deliciosamente peligrosa que han puesto los dioses en mi camino para probarme. Me desconozco yo misma, es como si de pronto surgiera de mí un nuevo ser.

No debo permitir que nada inquiete y envuelva de dudas mi corazón. Mi destino ya está determinado.

Metztli huey tozoztli, xíhuitl 13 tochtli (abril – mayo de 1518)

Mucho antes que aparecieran las primeras luces anunciando la salida de Tonátiuh, me levanté a ofrendar a los dioses, confesé ante Tlazoltéotl las emociones y pensamientos que ayer tuve y le suplique que alejara de mí todo mal que me desviara de mi destino y que rápido pasaran los días para regresar al *calmécac*.

Hoy amanecí muy reflexiva pues haber presenciado ayer el rito de imposición del nombre de la pequeña Xiuhcózcatl y saber que mañana será la ceremonia de la boda de mi prima Citlalin, me trajeron a la mente ideas relacionadas con la situación de nosotras las mujeres.

En los días que llevo fuera del colegio me he percatado de que la vida es como un abanico de posibilidades y experiencias que presentan, a su vez, una rica y compleja gama de contrastes difíciles de entender.

Entre los mexicas, al igual que en las demás provincias fuera de los límites de Tenochtitlan, las mujeres recibimos una esmerada educación que tiene como objetivo hacer de nosotras mujeres obedientes.

Desde que llegamos al mundo, a las mujeres se nos impone como *tonalli* el atender los quehaceres de la casa. Nuestras madres y maestras, a través de elocuentes discursos, nos inculcan que nuestra suprema misión en la vida es traer hijos para servicio de los dioses.

Hay dos caminos para nosotras: el hogar o el templo. La mujer casada tiene como tareas: traer y criar hijos, cocinar y hacer labores de hilado. La mujer que decide quedarse en el templo llega a ser una *cihuatlamacazqui* cuyas funciones son: oficiar en las ceremonias, atender la preparación de los objetos que se usan en rituales, tener limpio el *teocalli,* mantener encendido el fuego de los braseros y, si es aficionada al estudio, pasará largos ratos en la sala donde se guardan los rollos de *ámatl* que tienen registrada toda nuestra sabiduría.

Muy diferente es el *tonalli* que se impone a los varones al nacer. Ellos nacieron para ser guerreros. Cuentan con más posibilidades de acción en la vida. Los varones se encargan del quehacer político, de la administración tributaria, de mercadear en tierras lejanas y de dominar el oficio de pintar los signos que se registran en las hojas de *ámatl*.

Ciertamente la mujer es valorada cuando se le equipara a un guerrero al concebir un niño, a un nuevo guerrero. Pero el hombre tiene a su cargo la más alta función: dar de beber a Tonátiuh, nuestro padre Sol, con sangre de cautivos, y alimentar a Tlaltecuhtli, nuestra madre Tierra, con los corazones de los prisioneros.

Los oficios a los cuales puede aspirar una mujer no pasan de ser como cocineras, tamaleras, tortilleras, parteras, hechiceras, tejedoras, costureras, casamenteras y mujeres dedicadas a dar placer.

¿Por qué no se permite a la mujer intervenir en asuntos de gobierno? ¿Por qué no puede aspirar a ser llamada *tlamatini* o *tlacuilo* (pintor)?

Lo máximo que se ha permitido a la mujer es servir como auxiliar de los *tlacuilos*, los que dibujan en papel de *ámatl*. Mi maestra Xánath me platicó que cuando ella tenía mi edad fue ayudante de un de ellos. Soy afortunada porque todo ese conocimiento y práctica me lo ha transmitido, pero no puedo ser llamada oficialmente *tlacuilo* aunque conozca el oficio.

Xánath me ha hablado de dos destacadas mujeres en el quehacer cultural de Tenochtitlan. Una practicó el dibujo de los signos, fue conocida por ser concubina del *tlatoani* Huitzilíhuitl. La otra fue Macuilxochitzin, hija de Tlacaélel célebre consejero de varios *tlatoque* (gobernantes) y por quien Tenochtitlan extendió su dominio político sobre otras provincias y floreció culturalmente.

Xánath conoció a Macuilxochitzin, dice que como todas las mujeres *mexicas* sabía hilar, bordar y cocinar, pero los dioses le hicieron favor de darle el don de hacer *in xóchitl in cuícatl*. Dominaba el arte de comunicar sus emociones y pensamientos a través de los cantares. Xánath me enseñó una composición de Macuilxochitzin donde relata la derrota de los matlatzincas frente a los guerreros mexicas y cómo Axayácatl fue herido de una pierna.

Xánath es una mujer muy inteligente, su caminar sobre la Tierra la ha hecho una conocedora de la naturaleza humana, su inclinación al estudio de la doctrina religiosa, del pasado, del movimiento y posición de los astros y de los cantares, la hacen merecedora del título de *tlamatini*. Es una mujer sencilla en su forma de ser y de vivir, me ha confesado su satisfacción de tener a su cargo la crianza y educación de las doncellas del *calmécac*. Ella considera que con esa misión la enviaron los dioses.

Mi sabia maestra me ha educado para ser obediente, pero en mí existe una naturaleza que cuestiona lo que no entiendo, que observa y reflexiona, que internamente no acepta las cosas hasta que las comprende. Xánath repetidas veces me ha dicho: "Los dioses saben por que determinan que las cosas sean así sobre la Tierra. La voluntad de nuestros dioses no se discute, se acepta y se cumple."

Metztli huey tozoztli, xihuitl 13 tochtli (abril – mayo de 1518)

Mucho antes que se asomaran las primeras luces del alba tras las montañas sagradas del Iztaccíhuatl y el Popocatépetl, preparé el *temazcalli* para darme un baño y aromatizar mi cuerpo con un preparado de flores frescas que mi mamá utiliza para su aseo personal. Mientras me tallaba por primera vez me di cuenta de la forma de mi cuerpo. No me había percatado de que mi cintura es breve y mis caderas se han redondeado, que mi talle es largo y liso, que mis senos se han abierto y crecido como botones en flor. Jamás había experimentado complacencia por ser mujer. Involuntariamente recordé la imagen de Ocopilli cuando me dijo que era bonita. No sé ni comprendo qué me pasó durante el baño.

Al salir del *temazcalli* me dirigí al altar de la casa y elevé mis plegarias solicitando la protección de los dioses para Citlalin y su futuro esposo. Nuevamente pedí perdón a los dioses por todas estas cosas extrañas que estoy experimentando. Creo que mi lugar está en el *calmécac*, donde siempre he vivido en paz sin turbaciones de ninguna clase.

Como hoy era la ceremonia matrimonial de mi prima Citlalin, me esmeré en mi arreglo personal. Me vestí con una larga *cueitl* blanca que sujeté a mi cintura con el ceñidor, encima me puse un *huipilli* amarillo que tenía bordadas plumas de claros y alegres colores. Como lavé mi cabello con *amolli* (jabón) y con hojas de *acahualli* (girasol), mi largo y negro cabello quedó suave y brillante, así que decidí dejármelo suelto. Cuando terminé de acicalarme una sensación de bienestar y libertad me embargó. Incluso cuando me vieron mis papás se sorprendieron y se quedaron un rato callados observándome. Mi padre fue el que rompió el silencio, me abrazó y me dijo que no se había dado cuenta que su pequeño pájaro ahora ya era una hermosa ave de plumaje rosado, de plumaje femenino.

Mi mamá me acurrucó en sus brazos y tiernamente se dijo que de un tiempo para acá yo estaba creciendo y cambiando aceleradamente, que su pequeña Tlauhquéchol había dejado de ser una niña, que mis alas comenzaban a abrirse y pronto emprendería el vuelo.

Mi abuelo me preguntó cariñosamente a qué se debía este cambio tan bonito en mi persona. Mi hermanito Xocotzin no me quitaba la mirada de encima, cuando tomó la palabra dijo que ahora si parecía lo que yo era, mujer, y que no tengo trazas de sacerdotisa.

Después de la sorpresa que provocó mi arreglo salimos de la casa. La boda tuvo lugar en el campan de Cuepopan, parte de la ciudad que da al noroeste del gran centro ceremonial. Como nosotros vivimos en el sudoeste, en Moyotlan, el camino fue largo.

La ceremonia matrimonial comenzó al mediodía con una comida a la cual asistieron muchas mujeres casadas para llevar sus obsequios a la novia. Mi mamá le regaló a Citlalin platos de barro de las tierras de occidente, de la región de los tarascos. Xiuhpopoca le consiguió estos platos pues, siendo *pochteca*, lleva y trae mercancías de diferentes regiones.

En la tarde mi tía Xóchatl, mi mamá y yo ayudamos a Citlalin a arreglarse. Vistió una *cuéitl* y *huipilli* de tela de algodón con las orillas bordadas. El ceñidor también tenía trabajo de bordado. Calzó unos *cacles* (sandalias) de piel de venado. Con su largo y negro cabello le hicimos dos trenzas que le acomodamos alrededor de la cabeza como corona que adornamos con flores.

Cuando terminamos de vestirla y adornarla, Citlalin se sentó en la sala principal, junto al fogón de su casa, para recibir los saludos de los invitados.

En la noche comenzó el cortejo para conducirla a la casa de su novio. En la procesión iban los padres de él, las *cihuatlanque* y varias mujeres ancianas, entre las que estaban Xánath que fue invitada por ser la que se encargó de educar a Citlalin en el *calmécac*.

Mis tíos Tepeyolotli y Xóchatl dispusieron que mi prima fuera conducida en un *icpalli* de manos, pues como se iba a casar con el hijo de un *pilli*, Citlalin debía observar las costumbres que su nueva condición social le imponía.

Se acostumbra que las doncellas solteras invitadas acompañen a la novia haciendo dos filas y lleven una tea encendida. Citlalin me pidió que me colocara delante de una de las hileras, muy cerca de ella, para sentirse acompañada.

Durante el recorrido hubo un momento que sentí la carga de una mirada sobre mí, cuando volteé descubrí a Ocopilli que asistió a la boda acompañando a sus papás, que son amigos de mis tíos. En varias ocasiones lo sorprendí observándome.

Cuando arribamos a la casa del novio, Quauhcóatl, éste salió a recibir a Citlalin y los dos se veían muy emocionados. Mi prima lucía radiante en medio de la obscura y serena noche y el novio se veía muy gallardo.

Citlalin y Quauhcóatl se ofrecieron incienso y entraron a la casa, se acomodaron sobre un *petlatl* colocado cerca de un fogón. Las madres de ambos les presentaron sus regalos. La de Quauhcóatl le dio a Citlalin un *quechquémitl* (capa) traído de las lejanas tierras del sur. Por su parte, mi tía Xóchatl le entregó al novio un *maxtlatl* (braguero) y un *tilmahtli* (manto) de fino algodón.

La ceremonia de enlace la realizaron las *cihuatlanque* cuando anudaron el *tilmahtli* de Quauhcóatl al *huipilli* de Citlalin.

Después les ofrecieron un plato con un tamal para que lo compartieran como pareja recién formada.

Los novios se quedaron en la habitación donde se llevó a cabo el rito matrimonial. Aquí deberán permanecer cuatro días en oración y sin tener contacto físico. Al cuarto día se les preparará un *petlatl* donde se colocará un pedazo de jade y varias plumas como símbolo de los hijos que tendrán. Al día siguiente se bañarán en el *temazcalli* y un sacerdote los rociará con agua para invocar el favor de los dioses sobre ellos.

Afuera la fiesta comenzó. Fuimos bien atendidos en el banquete de bodas que ofrecieron los padres de los novios. Mis tíos Tepeyolotli y Xóchatl lucían felices por el buen matrimonio que arreglaron para su hija. A partir de ahora estarán relacionados con la nobleza mexica.

Mi familia y yo comimos con mi maestra Xánath, con Ocopilli, Xiuhpopoca y Élotl que traía en los brazos a la pequeña Xiuhcózcatl.

Mi papá y su amigo hablaron de sus respectivos hijos. Mi padre estaba contento de que mi hermano Xocotzin, siendo aún pequeño, ya era diestro en el oficio de hacer trabajos plumarios. Por su parte, Xiuhpopoca se sentía orgulloso de que Ocopilli pronto realizará su primer viaje para comerciar y así prepararse para ser *pochteca*.

Mi mamá y Élotl pasaron toda la tarde platicando sobre la crianza de la recién nacida. Mi abuelo se reunió con los otros ancianos; mi hermanito se puso a jugar con los niños que corrían por todo el patio y Ocopilli se unió a un grupo de jóvenes que observaban las danzas.

Yo me quedé al lado de Xánath que me expresó su gusto por ver que me he puesto muy bonita, que he cambiado mucho desde que dejé el *calmécac*. Me preguntó cómo me sentía en casa y que si estaba haciendo mis anotaciones en el papel de *ámatl*. Le platiqué lo de la experiencia de presenciar el parto de Élotl y que me impresionó mucho. Noté en mí, que mientras platicaba con Xánath, un par de ocasiones no pude resistir mirar hacia donde estaba Ocopilli.

Xánath volvió a tocar el tema de que me veía diferente, que mis ojos emitían un brillo especial y que en mi rostro estaba la *cihuáyotl* (feminidad), aquello que hace resaltar la naturaleza de toda mujer. Dijo que me percibía inquieta y con la mirada lejana, como con el corazón ausente. Le contesté que estaba bien y que ya deseaba regresar al *calmécac*.

Cuando mis papás lo dispusieron nos retiramos de la fiesta y acompañamos a Xánath al colegio. A mi maestra la vi muy cansada, su cuerpo se ha encorvado cada vez más, camina con dificultad y más lentitud que de costumbre, pero sigue irradiando ternura en el mirar y calidez en el hablar. Al despedirse de mí me acarició el rostro y me recomendó que no olvidara sus enseñanzas.

No pude dormir porque pasé toda la noche recordando el cortejo nupcial de mi prima Citlalin y la imagen de Ocopilli volvió a presentarse. Ahora no opuse resistencia, deje fluir por mi mente todas las imágenes y pensamientos que se aparecieron.

Me pregunto: ¿qué pasaría si renunciara a ser sacerdotisa e hiciera mi vida como cualquier doncella que sueña con casarse?

Metztli huey tozoztli, xihuitl 13 tochtli (abril – mayo de 1518)

Después de asistir a la ceremonia de imposición de nombre de la hija de Élotl y a la boda de Élotl, ya me hacían falta unos días de completa de calma en casa. Hemos estado tan ocupados en estas actividades sociales y familiares que mis papás han tenido que suspender el trabajo en el taller.

El día de hoy cada uno de nosotros se ocupó de atender sus tareas en casa. Desde antes que apareciera la luz del nuevo día, mi padre, mi abuelo y Xocotzin comenzaron a trabajar en el taller pues tienen que entregar un pedido de adornos plumarios que un *pilli* encargó para una ceremonia que se va a efectuar en el *tecpan* de Moctezuma Xocoyotzin.

Mi madre y yo atendimos los quehaceres cotidianos de la casa. En la tarde me sugirió que realizáramos nuestra labor de tejido en el jardín pues la tarde lucía esplendorosa y las nubes podían verse claramente dibujadas en el cielo.

Nos acomodamos bajo la sombra del frondoso árbol que sembró aquí hace muchos años mi abuelo Quetzalhuéxotl. Desde mi lugar veía tan cercanas las montañas del Iztaccíhuatl y el Popocatépetl, que parecía que podía tocarlas con tan sólo extender los brazos. Las tenía enfrente de mí tan claras, tan altas, tan majestuosas, tan eternas.

Saqué mi telar y sujeté uno de sus extremos en el tronco del árbol y el otro a mi cintura. Inicié mi labor pasando la lanzadera que conduce el hilo por la urdimbre para completar la trama. Mientras, mi mamá se dedicó a preparar el algodón que adquirió en el *tianquiztli* (mercado) y que es de una región llamada Cuauhnáhuac. Dice que el algodón de este lugar es de lo mejor porque se pueden tejer telas suaves al tacto, resistentes y duraderas.

Cuando mi mamá terminó de escarmenar el algodón, siguió con el *malácatl* (malacate) para hilar la fibra de algodón.

Aunque yo estaba atenta a mi trabajo en el telar, de vez en cuando miraba de reojo a mi mamá. Es una experta hilandera y tejedora de algodón, de henequén y de *tochomitl*, un hilo hecho con pelo del vientre del *tochtli* (conejo). Habrá que agregar que sabe de los colorantes para teñir los hilos con que se tejen las telas. De sus delicadas manos salen piezas de gran belleza y calidad.

Mientras hacíamos nuestras respectivas labores, mi mamá me platicó de los preparativos que se están organizando en el *calpulli* de Amantla para la próxima fiesta que celebraran los *amantecas* en el noveno *metztli* llamado *tlaxochimaco*.

Desde que yo era niña, mi mamá se encarga de reunir a las esposas de los artistas plumarios para ponerse de acuerdo en cómo se van a distribuir las ofrendas, qué cantidad de plumas se van a adquirir, pues se necesitan para el adorno que llevan las mujeres, y ponerse de acuerdo en los guisos que se prepararan para ofrecer como banquete.

Los amantecas tenemos como dioses a Coyotlináual, que es el principal, a Macuilocélotl, a Macuiltochtli, a Tepoztecatl y a Tizaua, como diosas están Xilo y Xiuhtlati.

En el metztli de *tlaxochimaco* se honra a las diosas Xiuhtlati y Xilo. El día de la fiesta las mujeres de *amantecas* se juntan en el *teocalli* de su *calpulli* para bailar, se adornan pegándose plumas rojas en las piernas y en los brazos y se pintan la cara. Los varones sólo se pegan plumas en las piernas.

En la festividad de *tlaxochimaco* los *amantecas* ofrecen sus hijos a los dioses. Esta ocasión mi padre pedirá a los dioses varones que Xocotzin sea buen *amanteca*. Cuando yo tuve la edad de mi hermano, mi madre me ofreció a las diosas para solicitarles que me ayudaran a aprender bien el oficio de teñir el *tochómitl* y las plumas.

El atardecer nos sorprendió trabajando y platicando plácidamente. Cuando el cielo se tornó oscuro recogimos nuestros instrumentos de labor y nos fuimos a la cocina a preparar lo que comimos antes de retirarnos a descansar.

Metztli toxcatl, xíbuitl 13 tochtli (mayo – junio de 1518)

Hoy dio inicio el quinto *metztli* del calendario de los 365 días. Han transcurrido dos *metztli* desde que salí del *calmécac*. Ha sido agradable mi estancia en casa, mi familia pone todo lo que está a su alcance para que yo me sienta tranquila y a gusto entre ellos. No he ido a visitar a Xánath porque ella me lo recomendó, pues considera que es momento que yo camine por la vida y aprenda a enfrentarla con mis propios recursos, dice que no es bueno que yo dependa del parecer de otros para tomar decisiones o que ante cualquier dificultad corra a buscar refugio y huya de las experiencias que los dioses ponen en el camino de los hombres y mujeres para que aprendan y crezcan.

Lo cierto es que he pasado por varias experiencias que me han ayudado a conocerme y a crecer. Ya no extraño tanto el colegio, como que me estoy empezando a sentir bien afuera del *calmécac*. Pero extraño mis largas tardes de estudio y lectura en la sala donde se guardan los pliegos de *ámatl*, ahí está nuestro pasado, nuestro pensamiento, nuestra sabiduría. Permanecer en este recinto es transportarse a otras épocas, a otros lugares, dialogar con aquellos ilustres hombres que plasmaron en rollos de papel de *ámatl* su sentir, sus ideas y su interpretación de las cosas que vivieron. Añoro esos atardeceres junto a mi sabia

Xánath que con toda la paciencia me explicaba o me relataba leyendas para que ilustraran lo que más se me dificultaba.

También Xánath me ha enseñado a conocer el pasado a través de la lectura y la interpretación de los signos. Aunque ella educa a otras doncellas, siempre me ha dedicado más tiempo a mí. A pesar de que es una mujer ya muy anciana, existe entre las dos un puente de comunicación e identificación muy estrecho.

Los quehaceres de la casa, ayudar en el taller y las cosas que se van presentado durante el día o los días, me han alejado de mis hojas de *ámatl*. He sido perezosa para anotar diariamente mis vivencias, pero lo que considero importante lo he registrado.

Algo que me tiene preocupada es la inquietud que ha despertado en mí la presencia de Ocopilli, pero he llegado a la conclusión de que es una vivencia que forma parte de mi proceso de preparación para llegar a ser sacerdotisa. Es una turbación que deberé enfrentar con decisión, con el ejercicio de mi voluntad y con disciplina de oración para que los dioses no me retiren su amparo y dirección.

Hoy se celebró la fiesta de *toxcatl* en honor a Tezcatlipoca. Asistí con mi familia al *teocalli* de Moyotlan de donde partió la procesión que acompañó al joven que fue ofrendado. En el *calmécac* aprendí, y Xánath tuvo que dedicar varias tardes para explicarme, el complejo significado que envuelve a Tezcatlipoca.

Esta deidad tiene una gran importancia dentro de nuestro grupo de dioses, pues Ometecuhtli y Omecíhuatl (nuestros padres), le encomendaron a sus hijos que son: Tezcatlipoca (espejo que humea), Quetzalcóatl (señor de la sabiduría), Huitzilopochtli (señor de la guerra), y Camaxtle, (señor de la caza), la misión de crear el mundo, al hombre y todo lo que existe sobre la Tierra, pero los principales creadores fueron Tezcatlipoca, que encarnaba la fuerza maléfica, y Quetzalcóatl la fuerza benéfica. Ellos han combatido entre sí, su lucha ha implicado la creación y destrucción de nuestro sol cuatro veces. El quinto sol, que es en el cual vivimos, surgió del encuentro violento de los dioses.

Según me explicó Xánath, esto de las destrucciones y creaciones simbolizan las etapas de evolución del hombre y la naturaleza. En el universo debe existir lo positivo y lo negativo, pues el enfrentamiento de estos dos principios genera un equilibrio necesario para la sobrevivencia. Por eso existen la luz y la oscuridad, lo frío y lo caliente, lo húmedo y lo seco, el hombre y la mujer.

Desde muy temprano llegamos al *teocalli* donde encontramos a mucha gente reunida en el amplio patio donde se oía un gran bullicio, pero en cuanto dio comienzo el acto sobrevino un respetuoso silencio. Mi hermanito tuvo que treparse a los hombros de mi papá para ver la ceremonia, mientras mi mamá, mi abuelo y yo quedamos delante de ellos. Vimos salir del *teocalli* la figura de Tezcatlipoca colocada en unas andas cargada por cuatro jóvenes. A unos cuantos pasos, los seguía el joven que fue ofrendado. Su semblante era sereno, su caminar era lento y firme, sabía que de su muerte, en honor de Tezcatlipoca, emanaría vida.

Según la costumbre, este varón fue seleccionado de entre varios cautivos por su buen físico. Durante un *xíhuitl* se le consideró la imagen viviente de Tezcatlipoca, como tal fue servido y honrado. Vistió los mejores atuendos y los más ricos adornos que sólo los *pipiltin* pueden usar, comió los más extraordinarios y variados platillos que tal vez nunca había probado. Pero como todo en la vida, llegó a su fin esta vida de placer. Al acercarse la fecha de su sacrificio le dieron cuatro doncellas por esposas.

La procesión salió del *teocalli* y tomó la calzada que va a Iztapalapa. En completo silencio acompañamos el cortejo hasta el momento en que el joven, junto con sus cuatro mujeres que lloraban tristemente, llegaron al embarcadero y se subieron a su *acalli*. Los vimos dirigirse a un templo llamado Tepepulco donde esperaba un grupo de sacerdotes que se encargó de sacrificar al joven, acto con el cual se dio por concluida la fiesta de *tóxcatl*.

A pesar de que sé la importancia que para nosotros los mexicas tiene el sacrificio, no me agrada presenciar cómo se le trunca la vida a un ser humano. Xánath me platicó que hace mucho tiempo, en la antigua ciudad de Tula, vivió un sabio sacerdote llamado Ce Ácatl Topiltzin Quetzalcóatl que se manifestó en contra del sacrificio humano. Ella también se manifiesta contra este tipo de rito religioso, por eso algunos sacerdotes la ven con recelo.

También Nezahualcóyotl, señor de Texcoco, se opuso al sacrificio de hombres. Xánath me contó que tuvo la oportunidad de conocerlo cuando ella tenía la misma edad que yo y estudiaba en el *calmécac*. Le tocó verlo de lejos, cuando Nezahualcóyotl visitó el gran centro ceremonial, donde están los templos gemelos de los dioses Huitzilopochtli y Tláloc. Desde ese momento Xánath se volvió conocedora de la vida y obra de este gran hombre. Xánath me dijo que cuando Nezahualcóyotl murió, su partida fue muy sentida, para ella fue como un gran lucero que en el firmamento de la cultura y el arte se apagó.

De labios de mi maestra sé que Nezahualcóyotl fue hijo de Ixtlilxóchitl (el Viejo), y de Matlalcihuatzin, hija de nuestro segundo *tlatoani*, Huitzilíhuitl. Siendo aún muy joven, Nezahualcóyotl conoció en carne propia la desgracia pues vio cómo su padre fue asesinado por los tecpanecas enviados de Tezozómoc, señor de Azcapotzalco, con lo cual Texcoco quedó bajo su dominio.

Nezahualcóyotl fue perseguido y pasó por muchos peligros, pero su decisión de liberar a su pueblo lo mantuvo firme en medio de la adversidad. Pasó algún tiempo y el destino, que nunca permanece detenido, favoreció al joven texcocano para que, junto con Tenochtitlan, derrotara a los de Azcapotzalco y él regresara a su pueblo y tomara la dignidad que le correspondía, ser el *tlatoani* de Texcoco.

Nezahualcóyotl se distinguió como constructor, legislador, sabio y excelente hacedor de cantares. Yo he tenido la oportunidad de conocer varios y, a través de ellos, llegar a sus meditaciones sobre la fugacidad de la vida, la muerte, la importancia de componer cantos y de Tloque nahuaque (el Dueño del cerca y del junto).

A Nezahualcóyotl se le considera un gran *tlamatini*, él conoció de las cosas humanas y divinas. Xánath me lo pone como ejemplo cuando me dice que en medio de las situaciones más difíciles o adversas, el ser humano puede resurgir más fortalecido.

Metztli tóxcatl, xihuitl 13 tochtli (mayo – junio de 1518)

Hoy fue día de compras y antes de que comenzara a clarear el alba, nos dirigirnos al *tianquiztli* de Tlatelolco. Mi abuelo decidió quedarse en casa trabajando en el taller.

Como vivimos en la parte del sur de la ciudad y Tlatelolco nos queda al norte, tuvimos que atravesar Tenochtitlan de un extremo a otro. Mis papás hacen uso de su *acalli* (canoa) cuando van a mercar para transportar con facilidad las cosas que adquieren. Por esta razón hicimos el viaje por una de las calzadas de agua hasta llegar al embarcadero que está al sur del centro ceremonial de Tlatelolco, aquí mi papá decidió que dejáramos la *acalli* y que continuáramos nuestro camino a pie.

Hoy que recorrí las calles del *tianquiztli* de Tlatelolco y vi en sus puestos todo tipo de alimentos, frutas, verduras, ropa, animales vivos y muertos y otras cosas más, llegaron a mi mente las imágenes de cuando yo era niña.

Recordé que cuando mi papá avisaba que iríamos a Tlatelolco a mercar, mi mamá y yo nos alegrábamos pues era como día de fiesta para nosotras. Me arreglaba y vestía con mi mejor ropa. Nunca he olvidado que en una de esas idas se me hizo fácil soltarme de la mano de mi mamá y voltear a ver el puesto de las aves cantoras cuyos trinos melodiosos atrajeron mi interés. Cuando volví a buscar la mano de mi mamá ni ella ni papá estaban. Me quedé paralizada por la angustia de verme en medio de tanta gente desconocida para mí que iba y venía. Recuerdo que junté las manos y rogué a los dioses que aparecieran a mis papás. Ellos me buscaban por todas partes sin poder encontrarme. Afortunadamente, uno de los funcionarios del *tianquiztli* al verme sola y con rostro de angustia, me llevó a donde estaban los que cuidan el orden en el lugar, ahí me encontré con mis papás que al verme, primero me abrazaron dándole gracias a los dioses por haberme devuelto, luego que pasó el susto vinieron el regaño y el castigo. Por un buen tiempo no me llevaron al *tianquiztli*.

Mientras caminábamos entre los puestos, mi papá me comentó que aparte de este lugar de abasto existen otros que también son importantes como el de Tepeaca y el de Cholula. Me habló de los *tianquiztli* donde se pueden conseguir mercancías particulares como el de unos animalitos llamados *itzcuintli* (perros) en Acolman, el de *tlatlacotin* (esclavos) en Azcapotzalco, el de trastes de barro en Texcoco y el de aves en Acapetlayocan, Otumba y Tepepulco.

Para nosotros los mexicas el día de *tianquiztli* no sólo es la ocasión de ir a abastecerse de lo que se necesita en casa o para los oficios, sino también de enterarse de lo que sucede en la ciudad o en otras provincias y de pasar un día agradable con la familia.

Mientras caminábamos por el inmenso espacio que ocupa el *tianquiztli* de Tlatelolco observé el orden y la vigilancia que en él todavía existe. En toda el área hay calles donde los vendedores ponen sus mercancías sobre mantas o *petlatl*. Por los corredores vi a los señores que vigilan que las medidas sean las correctas, que se cobre el precio acordado con las autoridades, que el pago se haga con granos de cacao, mantas de algodón, cascabeles de cobre o cañones de pluma rellenos de polvo de oro; que nadie venda fuera del *tianquiztli* y que se depositen las ofrendas de alimento frente al altar de los dioses.

Mi mamá nos hizo caminar de un puesto a otro adquiriendo todo lo que se necesitaba en casa. Llegó un momento en que las canastas que traíamos cargando mi papá, Xocotzin y yo quedaron repletas. Mi papá tuvo que solicitar a uno de los jóvenes que ofrecían sus servicios de cargador.

Según tienen dispuesto los funcionarios del lugar, cada género de productos tiene su espacio asignado. Nosotros anduvimos por el área de las legumbres y las frutas, trajimos carne de *mázatl* y nos surtimos de una gran variedad de chiles y hierbas aromáticas. Mi hermanito y yo le pedimos a mi mamá que lleváramos miel de abeja y de caña de maíz. Cargamos con una buena dotación de grano de maíz. También pasamos a comprar algunos platos y jarros de barro, un brasero, leña y *copalli* porque se agotó el que teníamos en casa. Mi mamá se surtió de yerbas medicinales y aromáticas y como había flores de un lugar llamado Xochimilco, hasta con flores cargamos.

Finalizamos el recorrido en los puestos donde están el algodón, los manojos de plumas de ave y los colorantes. Mi papá se trajo unos cortadores para plumas de cobre y pencas de *metl* que mi abuelo le encargó para preparar el papel de algodón. Como mi papá se dio cuenta que algunas noches las dedico al trazo y registro de signos en hojas de *ámatl*, me dotó de una buena cantidad de este papel.

Nos entretuvimos un buen rato en los puestos de los pájaros que hay en el *tianquiztli*. Es todo un espectáculo ver reunidas aves de todo género, desde mansas, cantoras, bravas, de tierra, de agua y de aire. Mi hermano se entusiasmó mucho al escuchar el canto melodioso del *centzontlatole*; mi papá lo adquirió y se lo regaló a Xocotzin con la condición de que se haría cargo de alimentarlo y atenderlo.

Pasado el mediodía todos teníamos hambre, sed y cansancio, así que nos dirigimos al lugar donde estaban los puestos de comida preparada. Comí unas sabrosas tortillas de maíz azul rellenas de diversos guisados como pescado blanco; de una ave llamada *totollin* (pavo hembra) preparada con *chilmolli*; de flor de calabaza cocida con sal, epazote y aderezada con salsa, y probé unos deliciosos tamales rellenos de *acociltin*.

Cuando nos disponíamos a retirarnos del *tianquiztli*, nos encontramos con Ocopilli y su mamá Élotl que traía a la pequeña Xiuhcózcatl en brazos. En cuanto los vi una gran euforia me invadió y mi rostro se iluminó.

Mientras nos saludábamos, sorpresivamente escuchamos una gritería. Como todo fue tan repentino y confuso, sólo alcancé a escuchar que la gente nos gritaba que dejáramos el camino libre porque estábamos parados en mitad de un pasillo. Mis papás, Xocotzin, Élotl y Ocopilli de inmediato se hicieron a un lado, pero yo no me moví y sólo recuerdo que vi a un hombre corriendo hacia la dirección donde yo estaba. Me quedé pasmada sin comprender lo que sucedía cuando de pronto alguien me jaló bruscamente del brazo, perdí el equilibrio y caí sobre un puesto de aves. Los pájaros salieron volando por todas partes y yo me lastimé todo el cuerpo. Cuando todo pasó, entre mi papá, Ocopilli, Xocotzin y el vendedor de pájaros trataron de alcanzarlas y devolverlas a sus jaulas.

Fue Ocopilli el que me jaló y me quitó del pasillo, también él fue quien me ayudó a levantarme. Me ofreció disculpas y me explicó lo que sucedió. Resulta que un *pilli* que fue de compras al *tianquiztli*, llevaba su *tlacotli*, éste aprovechó un descuido de su dueño para escaparse, y como entre las medidas que se aplican en el mercado existe una por la cual nadie debe estorbar cuando se está realizando la persecución, si alguien se atraviesa y entorpece la captura del fugitivo, se convierte en *tlacotli*.

Me dio mucha vergüenza que Ocopilli me viera tirada en el suelo en medio de más de una docena de aves volando y chillando espantadas. Se portó muy atento conmigo y varias veces me preguntó si me había lastimado. Le pidió permiso a su mamá para acompañarnos hasta el embarcadero donde dejamos la *acalli* y ayudó a mis papás a acomodar en nuestro transporte todo lo que traíamos del *tianquiztli*. No se retiró del lugar hasta que vio que nos perdimos en la lejanía.

No sé qué me duele más, si el golpe que me di al caer o lo ridícula que me debí haber visto delante de Ocopilli. A lo mejor piensa que soy distraída y tonta.

¿Por qué de un tiempo para acá en mi cabeza ronda su imagen y me preocupa lo que piense de mí?

Metztli tóxcatl, xíhuitl 13 tochtli (mayo – junio de 1518)

Hoy muy temprano fui a visitar a mi amiga Xiuhtótotl a su casa, la encontré en el taller de su esposo Citlalcóatl ayudándole en la confección de mantos bordados con plumas. Mi papá dice que Citlalcóatl será un buen artista plumario, que sólo es cuestión de tiempo y práctica.

El vientre de Xiuhtótotl esta muy crecido y ella irradia una felicidad contagiosa. Mi mamá me ha comentado que a algunas mujeres el embarazo les trae muchas complicaciones de salud y no les asienta, pero esto no se cumple en mi amiga. Tanto ella como su esposo esperan con ilusión ese primer hijo que los dioses sembraron en el vientre de Xiuhtótotl.

Estuve poco tiempo con ellos porque los vi muy apresurados, así que platicamos de cosas sin importancia, le entregué a Xiuhtótotl un par de mantas de algodón que tejí para su futuro hijo y me despedí. No sé por qué abracé a mi amiga con mucho cariño y un dejo de tristeza, como si me despidiera para siempre. Tal vez se debió al presentimiento de que cuando sea sacerdotisa no la volveré a ver porque tendré otras ocupaciones que me alejarán de mis seres queridos.

Pasé la tarde tranquilamente en casa disfrutando junto con mi hermanito Xocotzin del *centzontlatole* que trajimos del *tianquiztli* de Tlatelolco. Desde muy temprano lo primero que hace Xocotzin al levantarse es darle de comer a su pájaro que tiene guardado en una jaula de carrizo. Todos en la familia estamos contentos con la nueva adquisición pues inunda el jardín y toda la casa con su melodioso y agradable canto.

Mi papá ha sabido inculcarnos el amor a las aves, pues él es un aficionado a este tipo de animalitos por sus cantos y la hermosura y variedad de sus plumajes. Su oficio de artista plumario lo ha convertido en un conocedor de todo lo relacionado con los pájaros, incluso sabe cómo cazarlos sin lastimarlos ni maltratar sus plumas. Hoy nos platicó que el *centzontlatole* es una de las aves que tiene el mejor canto y que su nombre significa "cuatrocientas voces" porque puede imitar los cantos de otros pájaros, el sonido de otros animales e incluso la voz de los humanos.

Mi papá se entusiasmó mucho al tocar este tema. Me sorprendió lo que nos contó del *huitzitzilin* (colibrí), es una de las aves más pequeñas que se conocen, aletea muy rápido, sus plumitas son verdes o azules brillantes y tienen partes donde se reflejan otros colores.

El *huitzitzilin* abunda en la región de los tarascos donde lo llaman *tzintzuni*, de cuyo nombre se deriva el de su capital Tzintzuntzan, "donde está el colibrí"; incluso uno de sus principales dioses, Curita Caheri, bajo su función de mensajero de la guerra, lo representan en la forma de *tzintzuni*.

Mi papá dice que el *huitzitzilin* tiene la extraña costumbre de morir temporalmente al llegar la época de los fríos, que es cuando se comienzan a secar las flores, y como esta avecilla se alimenta de una sustancia dulce que liba de ellas con su delgado pico, busca acomodo en alguna rama entre la espesura de un árbol y ahí se queda hasta que vuelve a la vida cuando comienzan las primeras aguas y con ellas aparecen las flores.

Los mexicas tenemos la creencia de que cuando nuestros guerreros mueren luchando en alguna batalla, sus almas se van a la región por donde sale Tonátiuh, nuestro padre Sol, a quien cargan en una silla de manos y lo acompañan hasta el momento que comienza su descenso y es cuando salen a recibirlo las *cihuatetéo* (mujeres diosas), para acompañarlo en su siguiente recorrido por el cielo. Al pasar cuatro años, las almas de los guerreros bajan a la tierra transformadas en *huitzitzilin*.

El *huitzitzilin* es un pájaro que apreciamos mucho los mexicas porque está relacionado con nuestra principal deidad, Huitzilopochtli (colibrí del sur), dios de la guerra. Es más, en su atuendo lleva en la cabeza un adorno con la forma de este pájaro.

En el *calmécac* aprendí que la pluma simboliza lo divino porque el origen de Huitzilopochtli fue una "bolita de plumas". Según cuentan nuestros ancianos, en el cerro de Coatepec existía un templo donde vivía una mujer llamada Coatlicue (la de la falda de serpientes). Un día, mientras barría el templo, le cayó una pelotita de plumas que se guardó junto a su vientre. Cuando terminó de barrer la buscó y no la halló, pero de inmediato se sintió preñada. Coatlicue era madre de Coyolxauhqui (la de los cascabeles en la cara) y de los Centzon huitznahua (las cuatrocientas estrellas del sur), que al enterarse de que su madre estaba embarazada, tanta fue su ira que decidieron matarla. Coatlicue se asustó cuando ocurrió un gran prodigio: desde su vientre oyó la voz de su criatura —era Huitzilopochtli— que la consoló y le prometió protegerla. Cuando los ofendidos hijos se acercaban al cerro de Coatepec, Huitzilopochtli nació sorpresivamente y venció a sus hermanos.

Como mi papá es de los mejores *amantecas* que hay en Tenochtitlan, tiene como clientes a gente que forma parte del grupo de gobernantes que le encargan sus atuendos, trajes y adornos para que se los confeccione con las plumas más finas que llegan a la ciudad, como son las del *huitzitzilin*, el *quetzaltótotl*, el *tlauhquéchol* y otras más reservadas para el uso exclusivo de nuestro gobernante, los nobles y los guerreros. La gente común y corriente sólo podemos adornarnos con las plumas blancas, negras o pintas del *áztatl* y el *huexólotl*.

Según dice mi papá, desde los tiempos del *tlatoani* Moctezuma Ilhuicamina se dictaron leyes para señalar el uso de cada tipo de ropa e insignia que el pueblo debía vestir y adornar. El día de hoy, nuestro señor Moctezuma Xocoyotzin las aplica con gran severidad para marcar muy bien la distancia social entre los *pipiltin* y los *macehuales*.

Ciertamente las reglas que se nos imponen son rígidas, pero han excepciones; por ejemplo, un *macehual* puede aspirar a aliñarse con los adornos que usa un *pilli*, siempre y cuando tenga el permiso de nuestro *tlatoani*, quien se lo concederá si durante la guerra captura muchos prisioneros para que sean sacrificados en honor de nuestros dioses.

Pero eso sí, pobre del *macehual* que se atreva a ponerse ropa o insignia que no le corresponde porque, según nos platicó mi papá, le espera en el mejor de casos que se le golpee la cabeza con un palo, o la muerte.

Nosotros no somos *pipiltin* ni de nacimiento ni de mérito, y aunque somos *macehuales* gozamos de ciertos privilegios por ser *amantecas*. Desde mi abuelo, en esta familia el trabajo que nos ha dado de vestir y de comer ha sido el arte plumario. Esta actividad, que es muy solicitada por los *pipiltin* de Tenochtitlan, hace que mi gente goce de un buen nivel de vida, pues los *amantecas* cubren el pago del tributo con los productos que ellos mismos elaboran y, por lo tanto, están exentos de prestar servicio personal en las casas de los señores y en las obras públicas de la ciudad.

Por la delicadeza y cuidado del arte plumario, los *amantecas* no pueden dedicarse al cultivo de la tierra ni ir a la guerra pues su oficio les absorbe la mayor parte de su tiempo; lo que les queda es vender sus trabajos, y su clientela son los *pipiltin*, que pagan bien.

Esta situación de privilegio y de buen vivir se la debemos a mi abuelo Quetzalhuéxotl que cuando joven trabajó como *amanteca* al servicio del *tlatoani* Ahuízotl. La buena calidad de su trabajo plumario le ganó la estimación de este gobernante y, gracias a ello, mi tío Tepeyolotli pudo ingresar al *tecpan* como funcionario recaudador de tributos, y yo puedo asistir al *calmécac*, colegio donde son educados los hijos de la nobleza mexica.

Ahora me queda claro que la pluma, como es un objeto sagrado, sólo los dioses y los *pipiltin* pueden usarla de adorno. Pero algo que yo observo es que nuestros dirigentes vigilan que quede bien marcada la diferencia entre un *pilli* y un *macehual*. Esta gran distancia entre un grupo y otro se patentiza en las ceremonias y festividades públicas donde la nobleza de Tenochtitlan desfila haciendo gala de su elegancia y poder político mientras el pueblo es espectador.

Quieran los dioses que nuestro gobernante no permita que su noble corazón sea envuelto por la vanidad, porque entonces equivocaríamos el camino al verdadero engrandecimiento del ser humano, que es lo espiritual.

Metztli tóxcatl, xihuitl 13 tochtli (mayo – junio de 1518)

El tiempo que he estado con mi familia ha transcurrido en completa tranquilidad. Mi mamá ha visitado varias veces a Élotl pero yo he tenido que quedarme en casa para atender a mi papá, mi abuelo y mi hermano. Los días que mi mamá va con su amiga, yo siento en mi interior una vocecita que me reclama ir con ella. Lo primero que cruza por mi mente es la imagen de Ocopilli con su profunda mirada, su sonrisa ingenua y cautivadora y sus modales suaves en el trato.

De unos días para acá me siento extraña, ni yo misma me entiendo. Sorpresivamente me invade el deseo de ver a Ocopilli y escuchar el timbre de su voz. Las pocas ocasiones que lo veo, su presencia me causa mucho gusto, es una sensación que se desborda en mi interior. Por momentos me da miedo sentir ese gozo pues pienso que no es correcto, pero cuando razono la situación recuerdo que he pasado varios años viviendo en el *calmécac* y que el estar afuera del colegio me ha puesto frente a experiencias desconocidas. Tengo muy presentes las recomendaciones de mi maestra Xánath, ella me advirtió del miedo que me asaltaría pero me aconsejó que no huyera de las cosas o personas que me lo provocaran, que al contrario, las enfrentara, pues el temor distorsiona la realidad de las cosas. Así que la calma llega a mí cuando recuerdo que a Ocopilli lo conozco desde que éramos niños y es natural mi afecto hacia él.

Hoy nos visitó mi tío Tepeyolotli y su esposa Xóchatl. Mi tía está inaguantable porque su hija es esposa de un *pilli*. Mis tíos traen una mirada de altivez y una actitud de desdén que hace pesada su compañía y su conversación. No comprendo por qué mi tío Tepeyolotli es así, muy diferente de mi papá, a pesar de que los dos son hermanos y los educó con igual esmero mi abuelo.

Mi padre se inclina a la sencillez en su forma de ser y mi tío a la soberbia y la ambición. Nunca he escuchado de los labios de mi abuelo queja alguna sobre mi tío, pero intuyo que le causa tristeza esa forma de ser de su hijo.

Mi mamá, al igual que mi papá, es sencilla y amable con cualquier persona que llegue a casa. Atendió como siempre a mi tía Xóchatl, pero yo me desesperé al escuchar tanta presunción de labios de mi tía, así que decidí pedir permiso a mi mamá para retirarme e ir al taller a ayudar a mi papá.

Solicité licencia a mi papá para incorporarme al trabajo que estaba haciendo mi hermanito en el taller mientras él, mi abuelo y mi tío conversaban de las nuevas entregas de manojos de plumas que llegaron a Tenochtitlan.

Mi hermanito y yo hicimos en silencio armazones y los cubrimos con mantas para que posteriormente mi papá y mi abuelo cosieran y acomodaran las plumas. Con esta técnica del atado he visto cómo mi papá confecciona los más hermosos abanicos y penachos que los *pipiltin* o los guerreros visten en las solemnes ceremonias públicas que se organizan en el gran centro ceremonial de Tenochtitlan.

Mientras nosotros trabajábamos, mi tío platicó a mi papá y mi abuelo del reciente arribo de plumas. Mi tío es *petlacálcatl*, un funcionario de nuestro señor Motecuhzoma Xocoyotzin que trabaja en su *tecpan* y que tiene el encargo de registrar y guardar en los almacenes todos los tributos que llegan de las diferentes provincias sometidas al dominio mexica.

Según entendí, nuestro *tlatoani* Moctezuma tiene bien organizado el sistema tributario que abastece a nuestra ciudad de alimentos y piezas de uso cotidiano, de labor y de lujo que aquí no se siembran y elaboran.

Para que una provincia pague tributo se sigue un procedimiento que consiste en que nuestro *tlatoani* envía avisar a una provincia que le proporcione cierto producto, si ésta se niega proceden nuestros guerreros a conquistarla, enseguida se le impone el pago de tributo asignándole cantidad y periodicidad de entrega, después se designan tres funcionarios que vigilarán que todo se cumpla sin novedad. Uno de ellos es el *tequitlato*, recaudador nombrado por la autoridad local de la provincia sojuzgada, quien entrega el tributo al *calpixqui*, funcionario designado por Tenochtitlan para vigilar el pago y envío del tributo a la capital mexica en el tiempo, cantidad y calidad acordados; una vez aquí, el *petlacálcatl* lo registra y guarda en los almacenes del *tecpan*.

Mi tío Tepeyolotli está muy bien enterado de lo que entra en calidad de tributo a nuestra ciudad y conoce el destino del mismo. El tributo que llega del exterior se canaliza al mantenimiento del *tlatoani* y su familia, de sus funcionarios y empleados de palacio; para dotar de trajes, armas e insignias militares a nuestros guerreros; para almacenar alimentos que sirvan en las épocas de sequía y para proveer de material de trabajo a los artistas que tiene a su servicio nuestro gobernante, como es el caso de los artistas plumarios que elaboran el atuendo del dios Huitzilopochtli y del *tlatoani*, así como también los regalos que se dan en cortesía a los invitados especiales.

Parece que ya son 38 las provincias que pagan tributo a Tenochtitlan. Entre los productos que llegan en calidad de tributo están los manojos de plumas, las aves vivas del plumaje más apreciado y de hermosos colores, y los trajes de guerrero confeccionados con plumas.

Es muy grande la cantidad de plumas que se tributan y las provincias que tienen que pagar este tipo de tributo son principalmente Tochtepec y Coaixtlahuacan, situadas en la región de los mixtecos, y Xoconochco, sitio muy al sur de los dominios de nuestro señor Moctezuma Xocoyotzin y ubicado en la zona de los mayas. De estas provincias es de donde provienen las preciosas plumas del *quetzaltótotl*.

Los trajes más hermosos que he visto en mi vida han sido los que llegan como tributo. Al parecer, de las 38 provincias sólo 29 mandan esta clase de pago. Me sorprendió escuchar la gran cantidad que llega a Tenochtitlan. Según afirmó mi tío, él ha registrado y guardado en los almacenes del *tecpan* entre 500 y 600 trajes anualmente. También llegan *chimallis*, que son protectores redondos que los guerreros utilizan en las batallas.

Yo recuerdo que de pequeña asistí a varias ceremonias donde tuve la oportunidad de apreciar estos hermosos y elegantes atuendos militares que únicamente pueden vestir los guerreros de origen noble o los que tienen los altos cargos militares dentro del ejército, aunque también un *macehual* puede tener el honor de vestir uno de ellos siempre y cuando haga méritos en la guerra. Cuando yo era niña, ver desfilar a los guerreros vestidos y aderezados con pieles de animales y largas plumas resplandecientes bajo la luz del sol, me provocaba miedo e imponía respeto.

Nunca imaginé que la pluma fuera un tributo tan importante para Tenochtitlan. Ahora conozco y comprendo no sólo su valor religioso y social, sino también económico. Esto quiere decir que el oficio de *amantecas* es muy importante y apreciado para la clase gobernante.

Metztli tóxcatl, xíbuitl 13 tochtli (mayo – junio de 1518)

Estoy conmocionada, me siento como si no estuviera en la realidad, pues el día de hoy llegaron a darnos la noticia del fallecimiento de mi amiga Xiuhtótotl. Su parto se adelantó y murió al dar a luz un niño.

Mis papás y yo asistimos a sus exequias, ahí nos encontramos con Citlalin y su esposo Quauhcóatl. Mi prima lloró, yo no. Al ver el cuerpo de mi antigua compañera de juegos y de colegio, me envolvió la tristeza y por largo rato experimenté una sensación de frío y soledad en todo el cuerpo. El momento me impuso a quedarme quieta en mi lugar y observar en silencio cómo arreglaban el cuerpo de Xiuhtótotl. Su esposo Citlalcóatl tenía en sus brazos al recién nacido y su mirada estaba fija en el cuerpo inerte de su joven mujer. Pude ver de lejos el rostro de Xiuhtótotl, no parecía que estuviera muerta, su semblante reflejaba dulzura y paz.

Confieso que la tristeza que había en mí no era por ella, pues desde hacía tiempo nos separamos y cada una siguió su vida. Pero frente a la muerte las barreras que se construyen entre los hombres, sea la diferencia social o hecho de que se conozcan o no, se esfuma. Es como si todos los presentes nos uniéramos en un mismo ser de incertidumbre ante la muerte. Aunque sepamos que morimos para vivir, la muerte es un enigma que sorpresivamente llega y se lleva a nuestros seres queridos. Es una presencia tan viva, tan real; el ser humano no es nada cuando ella se hace presente.

Mi amiga Xiuhtótotl tuvo una muerte honrosa. Nuestra creencia es que parir un hijo es como tomar a un prisionero y la mujer es un guerrero, por lo tanto, al igual que los guerreros que mueren peleando o en la piedra de los sacrificios, su espíritu se va al paraíso solar, se gana el honor de acompañar a Tonátiuh, nuestro padre Sol, en su recorrido por el cielo al iniciar su descenso.

Los familiares de Xiuhtótotl no se separaron de ella, pues por el tipo de muerte su cuerpo adquiere poderes especiales. Se sabe que algunos hechiceros, por encargo, buscan hacerse del antebrazo izquierdo de la difunta porque quien lo posee tiene la facultad de entrar a las casas sin ser advertido.

A partir de ahora, Xiuhtótotl forma parte del grupo de las *cihuapipiltin* (mujeres nobles) o *cihuatetéo* (mujeres diosas), porque murió en su primer parto. Su alma vagará por la tierra en el momento del crepúsculo. Dicen que hay que cuidarse de encontrarse con el espíritu de alguna *cihuatetéo* porque provocan enfermedad, pero este cuidado deben tenerlo las mujeres embarazadas o los niños porque se les considera gente de naturaleza débil. Yo en el fondo no creo que las *cihuatetéo* provoquen daño alguno. El dar a luz un nuevo ser es una experiencia que ennoblece a la mujer, la convierte en un ser luminoso.

Al estar frente al cuerpo de Xiuhtótotl recordé un cantar que fue compuesto por el gran Nezahualcóyotl:

> Percibo lo secreto, lo oculto:
> ¡Oh vosotros señores!
> Así somos,
> somos mortales,
> de cuatro en cuatro nosotros los hombres,
> todos habremos de irnos,
> todos habremos de morir en la tierra...
> Como una pintura
> nos iremos borrando.
> Como una flor
> nos iremos secando
> aquí sobre la tierra.
> Como vestidura de plumaje de ave zacuán,
> De la preciosa ave de cuello de hule,
> nos iremos acabando...
> Meditadlo, señores,
> águilas y tigres,
> aunque fuerais de jade,
> aunque fuerais de oro

también allá iréis,
al lugar de los descarnados.
Tendremos que desaparecer,
nadie habrá de quedar.

Creo que mi amiga Xiuhtótotl no ha desaparecido de la Tierra, no ha perecido del todo, ha dejado una semilla que crecerá, un hijo que tiene parte de ella. Xiuhtótotl no en balde vino a la tierra, en su tránsito por ésta ha dejado huella.

Su muerte me enfrenta a mi vida. Y yo me pregunto: ¿qué quedará de mí cuando yo me vaya a la región de los descarnados? ¿Desapareceré del todo? ¿No dejaré huella de mi paso sobre la Tierra?

De pronto, por primera vez, reconozco en mi corazón el dolor por tener que renunciar a una vida de matrimonio e hijos. Por un instante algo en mí se revela y rechaza la idea de tal renuncia.

Una tormentosa pregunta emerge de mí: ¿será que ya no quiero consagrar mi vida al servicio religioso?

Metztli tóxcatl, xíbuitl 13 tochtli (mayo – junio de 1518)

Necesitaba ver y platicar con mi maestra Xánath, escucharla y confesarle que de un tiempo acá me siento rara, mis estados de ánimo se van a los extremos y hay momentos en los cuales yo misma me desconozco, por mi mente danza neciamente la imagen de Ocopilli y esto me asusta, ha sembrado la duda de mi vocación a ser sacerdotisa.

Cuando Xánath me vio llegar al *calmécac* pude darme cuenta cómo su mirada se iluminó. No hubo necesidad de decirle que Xiuhtótotl había muerto, ella ya lo sabía. Al encontrarnos simplemente nos abrazamos muy fuerte, después escuché de sus labios: "Sobre la tierra todo cambia, todo perece".

Me sorprendió ver físicamente más acabada a mi maestra, su cuerpo se ha encorvado más y se nota cansada. Una sensación de frío me recorrió por dentro y la idea de la muerte cruzó por mi cabeza. Al escuchar su cálida voz salí de mi ensimismamiento.

Mi plática con Xánath fue larga, confesarme con ella fue tranquilizador para mí, sentí como si me hubiera deshecho de una pesada cargada que traía sobre la espalda. En su mirada y su silencio, mientras yo sacaba lo que me angustiaba, encontré comprensión y cariño. Me refugié en sus brazos como una niña, como cuando recién ingresé al *calmécac* y lloraba mucho porque extrañaba a mis papás. Xánath siempre ha sabido decirme las palabras que me devuelven la tranquilidad.

Nunca he desobedecido sus indicaciones, pero hoy le supliqué que ya me permitiera regresar al colegio e iniciar mi preparación para ser consagrada como sacerdotisa y así alejarme de tantas turbaciones que existen aquí afuera y lo único que me provocan es confusión.

Hoy busqué en Xánath ese abrigo, ese consuelo que no me atrevo a buscar en mi madre o en mi padre porque no tendría cara para expresarles mis dudas. No quiero lastimarlos ni desilusionarlos pues ellos están contentos porque yo dedicaré mi existencia al servicio religioso, consideran que mi vocación es un regalo de los dioses.

Aunque haya registrado en mis hojas de *ámatl* las turbaciones que me han asaltado, no es lo mismo que platicar con alguien y saber que me escucha y con ello esclarecer mis confusiones. Así que poco a poco fui confesándole a Xánath que de pronto me ha inquietado la mirada de un varón que conozco desde que éramos pequeños, que ante una recién nacida yo quise vivir la experiencia de la maternidad, que cuando se casó mi prima Citlalin descubrí en mí envidia y dolor de tener que renunciar a ver realizada mi vida como la mayoría de las doncellas de mi edad.

Xánath me escuchó con paciencia y atención mientras acariciaba mi pelo con sus temblorosas y suaves manos. Lloré en su regazo como una niña tonta y miedosa.

No logré convencerla de que me permitiera regresar al *calmécac*. Dice que no puedo huir de las cosas que se me van presentando en la vida, darles la espalda y encerrarme con mi temor. Los sacerdotes deben forjarse una personalidad fuerte y coherente, deben conocer de las emociones que asaltan al ser humano, por lo tanto es necesario que las conozca, que las sienta, que las llore, pues de lo contrario me convertiré en un ser débil que con cualquier contratiempo se tambalea.

Me confesó algo que me dejó sorprendida pero me devolvió la tranquilidad. Xánath también vivió lo que yo estoy experimentando antes de que consagrara su vida al servicio religioso. Vivió la debilidad de querer renunciar. Me describió sus momentos de incertidumbre, de angustia y de temor cuando un joven *pilli* de la sección para varones que existía en el *calmécac* se sintió atraído por ella y se lo confesó. Xánath me dijo que esa declaración la hizo transitar por días difíciles; también quiso huir, pero su sabia maestra la obligó a enfrentarse a sí misma y confesarse que le atraía aquel varón. Le aconsejó que dejara que el destino de las cosas humanas siguiera su curso, que si la voluntad de los dioses era que ella fuera sacerdotisa, nada ni nadie impediría que esto se cumpliera.

Xánath me habló como lo hubiera hecho mi madre, me explicó que las emociones que estoy conociendo son naturales en todas las mujeres. En mí se acentúan porque he vivido varios años de mi vida guardada del mundo exterior, mi escaso trato con varones y mi forma de ser introvertida y de estudio me alejaron de experimentar todas estas inquietudes e ideas tan naturales en jóvenes de mi edad. Debo confiar en los designios de los dioses y dejar fluir libremente el ritmo de la vida.

Después de platicar con Xánath me siento renovada, tranquila y convencida de que me sucedería lo mismo que a ella.

Metztli etzalcualiztli, xihuitl 13 tochtli (junio de 1518)

Iniciamos el sexto *metztli* del ciclo de los 365 días. Hoy se celebró una fiesta en honor de Tláloc (señor de la lluvia) y protector de los que labran la tierra. Es importante honrar a esta deidad porque han comenzado las grandes lluvias y la gente que cultiva ya inició la siembra.

Mi abuelo me ha explicado cómo se cultiva el maíz, pues cuando él era niño vivió una temporada en las orillas del lago de Xochimilco donde su papá tenía una *chinámitl* (chinampa). Dice que el sistema de chinampas proporciona una tierra muy fértil que se usa continuamente. Él ayudó a su papá a levantar su *chinámitl*, que es un pequeño islote construido en los lagos de poca profundidad, de forma rectangular y angosta, hecho con capas de lodo, vegetación lacustre y troncos; en los bordes se plantan árboles para fijarlo. Lo que en este tipo de tierra se cultiva es el maíz, la calabaza y el frijol. Para Tenochtitlan son muy importantes las chinampas porque de ellas provienen las verduras frescas que son nuestro alimento básico.

El cultivo de maíz es muy sencillo, según dice mi abuelo, pues consiste en utilizar un palo plantador con el cual se abren agujeros en el suelo donde se depositan entre dos y tres granos de maíz porque, me explicó mi abuelo, si se echan muchas semillas se desperdician, no germinan todas y si lo hacen las plantas de maíz pueden salir amontonadas; tengo entendido que hay quien acostumbra sembrar calabaza y frijol junto con el maíz; se termina de sembrar tapando el hoyo con el pie y así se continúa dejando cierta distancia entre agujero y agujero.

Hoy, en el gran centro ceremonial de Tenochtitlan se arregló el *teocalli* de Tláloc donde se llevaron a cabo ritos presididos por los sacerdotes encargados del culto de esta deidad. Para esto tuvieron que hacer un ayuno especial y es costumbre que en este día se castigue a todos aquellos servidores de los dioses que se han portado mal. La fiesta concluyó a medianoche con el sacrificio de varios prisioneros.

Mañana, en Pantitlán, un lugar que está en la laguna donde hay un remolino surcado por varios palos clavados en el fondo del agua que tienen como adorno banderas, y por eso se le denomina "lugar entre banderas", serán arrojados los corazones de los sacrificados.

Según la costumbre, este día en las casas se prepara un guiso de maíz cocido y frijol llamado *etzalli*. Mi mamá nos lo cocinó y le agregó carne del ave llamada *huexólotl*.

Con el melodioso canto del *centzontlatole* que hemos dejado libre por el frondoso árbol del jardín, pasé una apacible tarde con mi hermanito Xocotzin y mi abuelo, de quienes aprendí una nueva técnica de trabajar con las plumas. A mí me pusieron a elaborar con cañas de maíz unos armazones con forma de animales. Xocotzin los recubrió con una mezcla de polvo de tallos secos de maíz y pegamento. Mi abuelo pulió las figuras con un pedazo de tezontle y después las cubrió con papel de algodón; al final les fue pegando las plumas de acuerdo con los colores o tonos que eligió para los animalitos.

Mientras cada uno hacía su parte del trabajo, mi abuelo nos platicó muchas cosas relacionadas con Tláloc, dios que hace germinar las semillas. Tláloc cuenta con la ayuda de cuatro pequeños dioses llamados *tlaloques*, cada uno vive en una de las esquinas del universo y tiene a su cargo un enorme jarro que contiene un tipo diferente de agua con que llueve. Uno guarda la que produce buena cosecha, otro la que la pudre y llena de hongos malos, otro la que causa heladas y otro la que seca las semillas. Cuando Tláloc ordena que llueva, señala el tipo de lluvia y el tlaloque que la custodia toma su jarro y sale a regar el agua en los campos. Cuando termina rompe su cántaro y entonces se producen los truenos, los pedazos del cántaro son los rayos.

Mi abuelo nos platicó una leyenda de Tláloc y su esposa, Chalchiuhtlicue (señora de los ríos). Tláloc vivía en un lujoso y bello *tecpan* localizado en uno de los trece cielos que componen la parte celeste de nuestro mundo. Un día salió a pasear al campo y se encontró con Xochiquetzalli (señora de las flores); en cuanto la vio se enamoró de ella. La joven y bella diosa lo despreció y Tláloc regresó a su *tecpan* muy entristecido, se encerró y ordenó que nadie lo molestara; esto provocó que no lloviera, hubo mucho calor y los sembradíos se secaron.

Los ayudantes del dios de la lluvia, los tlaloques, se preo-
cuparon y se entristecieron al ver que Tláloc, que siempre había sido bueno, ahora estaba amargado y se había vuelto malo
con la humanidad. Uno de los tlaloques se armó de valor y le
suplicó a Tláloc que ordenara que lloviera pues la tierra y los
hombres estaban sufriendo por la falta de agua.

Tláloc, con el corazón envuelto de amargura, mandó que fue-
ran rotos los cuatro jarros de agua. Los tlaloques obedecieron,
pero ahora su preocupación fue que se inundarían los campos.

Los dioses se reunieron para que juntos pudieran encontrar
la forma de sacar a Tláloc de esa actitud negativa y destructiva
en que vivía. Se les ocurrió darle una esposa. Quetzalcóatl propuso que fuera la diosa Chalchiuhtlicue. Cuando se habló con
ella, aceptó y se arregló para ver a Tláloc. Se pintó de azul el
rostro, se vistió con su atuendo de olas y sus sandalias fueron
adornadas con caracoles.

Los tlaloques avisaron a Tláloc que había llegado a visitarlo
la diosa de los ríos. De inmediato el dios de la lluvia pidió que
se le ayudara a vestirse y adornarse para recibir elegantemente
a tan distinguida visita. Tláloc se colocó una diadema confec-
cionada con bellas plumas blancas, verdes y azules; se puso un
collar de corales; adornó sus brazos y pantorrillas con ajorcas
de oro y en su rostro se acomodó una máscara elaborada con
dos serpientes enroscadas en torno a sus ojos que simboliza-
ban las nubes, y sus colmillos la lluvia y los rayos.

La presencia de Chalchiuhtlicue llenó de ánimo y alegría a
Tláloc, a partir de ese momento volvía la lluvia buena a los
campos y se dieron todas las cosechas.

Cuando mi abuelo terminó de contarnos la leyenda, yo les
platiqué de lo que he aprendido en el *calmécac* en relación

con Tláloc. Además de ser deidad de la lluvia, Tláloc es el señor del Tlalocan, "el lugar de Tláloc". De acuerdo con el tipo
de muerte, los difuntos pueden ir a tres lugares. Los guerreros muertos en guerra, los *pochtecas* que mueren en sus viajes
comerciales y las mujeres que pierden la vida en el parto van
donde mora Tonátiuh, nuestro padre Sol. Los que dejan de
existir de forma natural van al Mictlán (lugar de los muertos),
donde viven Mictlantecuhtli y Mictecacíhuatl (señor y señora
del Mictlán). Los niños que fallecen muy pequeños van a Xochiatlalpan, donde existe un enorme y frondoso árbol que los
amamanta. Finalmente, los que encuentran la muerte por causa
de agua, se van directamente al Tlalocan, sitio donde disfru-
tan de abundantes y variados alimentos; además se la pasan
tranquilos porque juegan o cantan.

La voz de mi mamá que nos llamaba para comer el sabroso
etzalli que nos preparó hizo que mi abuelo, Xocotzin y yo dié-
ramos por concluida la plática. Recogimos los instrumentos y
el material de trabajo, nos guardamos en la casa. Mientras co-
míamos, mi papá nos informó que al día siguiente iríamos a
casa de su amigo Xiuhpopoca a la ceremonia de iniciación como
pochteca de Ocopilli, esto quiere decir que emprenderá un largo viaje a regiones muy apartadas de Tenochtitlan para aprender y tomar el oficio de comerciante.

Estoy aquí en el jardín, en la oscuridad de la noche, contemplando mis montañas sagradas, testigos mudos no sólo de la
historia de mi pueblo sino de la mía también. El silencio que
me rodea en este momento, resalta con marcada profundidad
mi tristeza y angustia, todavía no se ha ido Ocopilli y ya lo
estoy extrañando.

Siento como si toda esa fortaleza que logré levantar al platicar con Xánath se hubiera derrumbado. Ahora sólo me queda pedir a los dioses su ayuda y permanecer en quietud y tranquilidad para dejar que las cosas se acomoden solas y de acuerdo con su voluntad. Tal vez mañana que se marche Ocopilli todo vuelva a la normalidad.

Metztli etzalcualiztli, xíbuitl 13 tochtli (junio de 1518)

Siento como si flotara, la imagen y la declaración de Ocopilli giran por mi cabeza. Experimento una mezcla extraña y contradictoria de emociones: es gusto, miedo, duda, deseo y rechazo, todo entrelazado. Lo que nunca creí vivir aconteció hoy en la casa de Ocopilli.

No sé por dónde comenzar a registrar la inesperada y sorpresiva experiencia de este día. Todas las ideas en mi cabeza están en completo desorden. Creo que algo dentro de mí despertó tan violentamente que me ha revuelto el corazón y la mente.

Comienzo por anotar que hoy desde muy temprano mi familia y yo nos dirigimos a Tlatelolco, al *calpulli* de los *pochtecas* que es donde viven Ocopilli y su familia.

El oficio de comerciar, la profesión de la guerra y el sacerdocio son las actividades más apreciadas por nosotros los mexicas. Los *pochtecas* practican lo que han dado en llamar la *pochtecáyotl*, el arte de traficar. Ellos son los que organizan y conducen expediciones comerciales hacia lejanas tierras. Ya sea de Tenochtitlan o de Tlatelolco, parten rumbo a una provincia llamada Tochtepec, donde la ruta se divide en dos caminos: el que va a Xicalanco, al oriente, por donde sale Tonátiuh, y el otro va Xoconochco, hacia el lado del poniente; estos dos centros comerciales se localizan en las tierras tropicales del sur. En estos centros los *pochtecas* mexicas se encuentran con sus colegas mayas a los que llaman *putunes*, con éstos, los nuestros intercambian alimentos y otros objetos.

Nuestros gobernantes han aprovechado las expediciones comerciales para someter a otras provincias, pues como los *pochtecas* llegan a muchas regiones, incluso enemigas, mientras comercian reúnen información estratégica que sirve a los guerreros mexicas cuando van a conquistarlas.

Nuestro actual *tlatoani* Moctezuma Xocoyotzin aprecia tanto a estos que trafican que cuando salen a viajar manda con ellos un grupo de guerreros para que los escolten; incluso, si algún pueblo agrede o mata a un *pochteca* mexica, se toma como causa de guerra. También ha consentido que los hijos de estos comerciantes puedan ingresar al *calmécac*.

Por el servicio comercial y militar, los *pochtecas* son un grupo social que sin pertenecer a la nobleza mexica gozan de riqueza, poder y privilegios. Viven en sus *calpullis* particulares gobernándose con cierta autonomía, tienen sus propias ceremonias y su dios, Yacatecuhtli; además, para distinguirse de los *macehuales* usan adornos de piedras preciosas como el jade y de plumas finas.

Pochtecas y *amantecas* se benefician mutuamente de sus respectivas actividades, pues los primeros traen plumas bellas y finas que aquí en Tenochtitlan no se consiguen. Estas plumas, en manos de los artistas plumarios se convierten en preciosos adornos suntuarios que son llevados a las tierras del sur donde se intercambian por otros objetos como jades, pieles de *ocelotl* (jaguar) y más plumas de diversos colores y tamaños. Es tan estrecha la relación comercial entre estos dos grupos que cuando sus *calpullis* son vecinos celebran una fiesta común con gran comida, y ambos dioses, Yacatecuhtli y Coyotlináhual, comparten el mismo altar.

Ocopilli ha concluido sus estudios en el *telpochcalli* y hoy inició su formación como *pochteca*, pues como varón heredará el oficio de su padre Xiuhpopoca. Por el tipo de actividad requerirá una preparación especializada que irá adquiriendo en las expediciones comerciales en que intervenga a lo largo de su vida. Conocerá las rutas de comercio que lo llevarán a pueblos con distintas costumbres y lenguas, aprenderá sus idiomas a fin de poder desempeñar su oficio. Viajará por bosques, valles, tierras tropicales; subirá por montañas, pasará por peligrosos despeñaderos, atravesará caudalosos ríos; correrá peligros, pues se sabe que las expediciones de *pochtecas* sufren el ataque de animales salvajes o de hombres que se dedican a robar en los caminos, y más a ellos que siempre van cargados de valiosos objetos. Por eso Moctezuma Xocoyotzin los envía con guerreros para protegerlos de estos peligros.

El *tonalpouhqui*, el que conoce del *tonalpohualli*, señaló este día como favorable para que Ocopilli, su padre y los que cargan las mercancías, los *tamemes*, partieran rumbo a Tochtepec.

Ayer todos ellos hicieron ofrenda de *copalli*, aves y papel a su dios protector, Yacatecuhtli. También reunieron y acomodaron todas las mercancías y los alimentos que comerán durante el viaje. En esta ocasión mi papá no le dio a su amigo Xiuhpopoca cargamento de adornos plumarios para que intercambiara allá en Tochtepec, pero le encargó manojos de plumas de *quetzaltótotl, xiuhtótotl* y de un pájaro que llaman *zacuán* y tiene un plumaje amarillo como el oro.

Hoy Xiuhpopoca y Élotl organizaron una fiesta y ofrecieron una elegante y vasta comida a todos a los que nos invitaron. No sólo había gente del *calpulli* donde viven, también había personas de otros barrios y muchos ancianos *pochtecas* que fueron a darle un largo discurso de iniciación y despedida a Ocopilli.

Escuché con atención todo lo que le dijeron a Ocopilli, por un momento me pregunté si querían desanimarlo por las advertencias de los peligros que le aguardaban; le dijeron que pasaría hambre, sed y dormiría en lugares inhóspitos. A lo largo de este razonamiento que pronunciaron los viejos *pochtecas* frente a todos nosotros sentí escalofrío, llegué a imaginar a Ocopilli dormido en pleno bosque y atacado por animales salvajes o muy flaco de carnes por falta de tortillas o tamales.

Me agradó escuchar la parte en que le dijeron a Ocopilli: "Nuestros dioses te tienen reservada prosperidad y felicidad en la vida, pero primero es conveniente que te esfuerces, que pases por la pobreza, conozcas el hambre, la sed y sufras fatigas para ganarte el aprecio de los dioses y alcanzar honra ante los demás hombres."

Durante todo el día no me acerqué a Ocopilli, la pasé muy cerca de mis papás, ni siquiera fui a ver y cargar a la pequeña Xiuhcózcatl que me inspira una gran ternura y por lo cual la aprecio.

Cuando Tonátiuh se ocultó y la oscuridad de la noche envolvió el ambiente, yo esperaba con angustia el momento en que Xiuhpopoca diera la orden de salida. Decidí apartarme del bullicio de la fiesta e irme al jardín que estaba solo. Contemplaba las montañas sagradas y el cielo sembrado de estrellas cuando sentí sobre mi hombro la mano de alguien. Era Ocopilli que salió a mi encuentro.

Me volvió a decir que me veía muy bonita, que mi sencillo arreglo resaltaba más mi naturaleza de mujer. Al escucharlo el estómago se me estremeció, algo presentí y súbitamente me recorrió un temblor por todo el cuerpo, tuve el impulso de alejarme corriendo. Cuando lo intenté Ocopilli, suavemente pero con firmeza, me detuvo del brazo y con su voz tranquila y pausada me pidió que le permitiera decirme algo. No sé cómo explicarlo, sentí ganas de correr y a la vez de quedarme a oír lo que en el fondo deseaba.

Tengo guardadas sus palabras en mi corazón y mi cabeza guarda su figura iluminada por la luz esplendorosa de *Metztli* (la luna). Recuerdo con toda claridad y detalladamente lo que me dijo:

"Antes de partir a mi primera expedición como *pochteca* voy a confesarte que desde hace tiempo he dejado de verte como la niña con la cual jugaba. Me entristeció cuando ingresaste al *calmécac* y me sentí desilusionado cuando me enteré que habías decidido convertirte en sacerdotisa. Yo ignoraba lo que dentro de mí estaba pasando hasta que te volví a ver ahora que regresaste al lado de tu familia. El primer día que te volví a tener frente a mí aprecié cómo ha florecido en ti la belleza de mujer que ahora contemplo con respeto y admiración. Tlauhquéchol, ya no te veo como aquella niña de hace mucho tiempo atrás, mis sentimientos hacia ti se han transformado sin percatarme yo de ello, aquel afecto que de niño sentía por ti, ahora es un amor de hombre. Comprendo que mi confesión te provoque un sacudimiento inesperado, sorpresivo, pero me decidí a ser directo y actuar hoy mismo. No quiero irme a tierras lejanas con esta inquietud. Si me atrevo a esto es porque tu mirada y actitud de turbación frente a mí me han indicado que no te soy indiferente. Te pido que formemos un nuevo linaje, desde niño siento que hay algo que me enlaza a ti. Tendrás tiempo de meditar si deseas iniciar conmigo una vida de mujer de familia o si prefieres ser mujer de vida religiosa. Si tu decisión es esta última, puedes estar segura de que asumiré con respeto tu deseo."

Al terminar la última frase se escuchó la voz de su padre Xiuhpopoca, que ordenó partir. Me quedé callada sin saber qué decir y lo vi darse la vuelta y unirse a la expedición. La gente que asistió a esta ceremonia de iniciación despidió a Ocopilli deseándole buena suerte. Yo me quedé parada viéndolo alejarse y sintiendo que una parte de mí se iba con él.

En este momento, en el silencio de la noche escucho la turbación de mi interior. Algo se tambalea y tengo miedo de muchas cosas a la vez. Pienso en mis padres, en Xánath y en mí. La ilusión de ser sacerdotisa se ha opacado, tengo frente a mí dos caminos a elegir, hasta hace poco estaba segura de mi vocación, ahora me atrae el destino que me ofrece Ocopilli.

No quiero defraudar a los dioses, a mi familia y a Xánath, me sentiría muy mal si les doy una pena así, ellos me han manifestado su cariño y han respetado mi deseo de dedicarme a la vida religiosa. La gente se expresaría mal de ellos, los señalarían como malos padres y a Xánath también la juzgarían.

Pronto llegará el momento de mi ingreso definitivo al *calmécac* para consagrar mi vida al servicio de los dioses y la duda me atormenta.

Metztli etzalcualiztli, xihuitl 13 tochtli (junio de 1518)

Han pasado varios días desde que partió Ocopilli a su expedición y yo he traído en mi cabeza su declaración, no puedo pensar en otra cosa que no sea eso. Mi mamá me comentó que me ha notado ausente, distraída y me preguntó qué me pasa; he tenido que mentirle diciéndole que estoy nerviosa porque pronto los dejaré e ingresaré al *calmécac* para prepararme y ser consagrada como sacerdotisa. Mi papá también se ha dado cuenta que estoy intranquila pero él es muy prudente y siempre espera que sea uno el que tome la iniciativa para tocar el tema. Creo que mi abuelo sospecha algo pero también, como mi papá, se concreta a ver y esperar.

No he querido ir a platicar con Xánath hasta estar segura que esto que estoy viviendo ha pasado y sólo fue una prueba más de los dioses para comprobar qué tan segura, fuerte y decidida soy, así que opté por platicar con mi prima Citlalin a quien le tengo una gran confianza y en quien reconozco actitud madura, centrada y prudente a pesar de tener mi edad.

Pedí permiso a mis papás para ir con Citlalin y muy temprano fui al *campan* de Atzacoalco ubicado al noreste del gran centro ceremonial donde ahora viven ella y su joven esposo. Citlalin tiene su casa en un *calpulli* donde viven familias de linaje noble. Sólo a ellos se les permite construir casas más grandes y amplias, tener jardines y patios. Nuestro *tlatoani* Moctezuma Xocoyotzin tiene bien observado y ordenado que en el vestido, el adorno y en la vivienda se pueda distinguir a un *pilli* de un *macehual*. Alguna ocasión escuché un discurso que pronunció en una ceremonia de reconocimiento al valor de los guerreros a quienes recompensó con insignias que los colocaban en la categoría de los *pipiltin*. Recuerdo que mencionó que las plumas preciosas se ven mal entre las bajas, que así un *pilli* parece mal entre los *macehuales* y éstos a su vez se ven mal entre los *pipiltin*. Este tipo de ideas le han ganado a Moctezuma Xocoyotzin fama de arrogante, hay momentos que yo misma lo he juzgado de severo pero también le reconozco que es un gobernante inteligente, honrado y muy respetuoso del culto a los dioses.

La casa de mi prima Citlalin es grande, toda de color blanco, con un patio en medio, varias habitaciones con diferentes funciones; en una se recibe a las visitas, en otra tiene un altar para ofrendar a los dioses, en otra se cocinan los alimentos, en otra mi prima hace sus labores de tejido, en otra toman los alimentos y en otra duermen ella y Quauhcóatl . Observé que por todos lados hay pegadas en las paredes pieles de animales, creo que el esposo de Citlalin es aficionado a este tipo de adornos.

Citlalin no hace quehaceres domésticos pues tiene ayudantes para ello, ella sólo se encarga de supervisar y ordenar. A pesar de que tiene poco de haberse casado ha sabido imprimirle a su casa un ambiente cálido que hace sentirse muy bien al que llega de visita.

Tuve suerte porque mi prima estaba sola pues su esposo desde hace varios días salió con un grupo de guerreros a lo que se llama *Xochiyaóyotl* o guerra ceremonial, que es un tipo de combate que tiene como finalidad obtener prisioneros de los pueblos de Tlaxcala, Huexotzinco y Cholula para que sean sacrificados a nuestros dioses. Mi abuelo dice que ésta fue una política creada por el memorable Tlacaélel, que no pretendió someter a estas provincias, al contrario, se llegó a un arreglo por el cual nuestros guerreros mexicas y los de ellos se ejercitan en el oficio de la guerra.

Tlacaélel es recordado como un extraordinario hombre, muy inteligente y con una gran visión política, la mayor parte de su vida llevo el título de *cihuacóatl*, el consejero de varios de nuestros gobernantes. Gracias a las audaces reformas que emprendió, los mexicas dejamos de ser un pueblo sometido al dominio de los tepanecas de Azcapotzalco para convertirnos en un pueblo dominador, pasamos de la insignificancia al esplendor. Tlacaélel trabajó para hacer de Tenochtitlan la ciudad más importante de la región lacustre donde esta asentada, y forjó la ideología de que los *mexicas* tenemos la misión sagrada de alimentar a nuestro padre Sol para que la humanidad no perezca, de aquí se desprende la enorme importancia que la guerra y el sacrificio tienen para mi pueblo.

Es necesaria la guerra para obtener cautivos que al ser sacrificados proveen la sangre, ese líquido vital que corre por el cuerpo de todo ser humano y que es necesario para que nuestro dios protector, Huitzilopochtli, que representa al Sol como un joven guerrero que nace todos los días y muere en las tardes, tenga la vitalidad para pelear contra los astros nocturnos. Si Huitzilopochtli derrota a sus enemigos, su victoria significa un día más de vida para nosotros los humanos. Esta es una ideología compleja pero es el soporte del poderío político, económico y militar de mi pueblo.

Volviendo a lo que me interesa registrar, pude platicar con mi prima Citlalin, a la cual no le fue necesario que yo le diera muchos detalles, me conoce muy bien y por mi actitud y semblante intuyó lo que me pasa. Le confesé que ya no estoy convencida de ser sacerdotisa, que me estoy inclinando por hacer la vida que la mayoría de las jóvenes de mi edad emprende, casarse y formar una familia. Ella piensa que yo no soy para la vida al servicio de los dioses, que mi cariño y admiración por nuestra maestra Xánath me llevó a creer que yo también podía llegar a ser como ella. Me aconsejó que platicara con Xánath pues sus sabias orientaciones me ayudarían mejor que las suyas.

Yo no quiero causarle una desilusión a mi maestra que ha dedicado mucho de su tiempo a mi formación, pero más temor me causa contrariar la voluntad de los dioses, pienso que pueden llegar desgracias a mi familia y por ningún motivo deseo causarles males. Xánath siempre ha sabido escucharme y guiarme con prudencia y certeza, además hoy recordé que cuando le manifesté mi deseo de seguir sus pasos, ella decidió que saliera por un tiempo del *calmécac*.

Metztli etzalcualiztli, xihuitl 13 tochtli (junio de 1518)

Estoy dejando pasar los días para ver qué pasa conmigo y entre más pasa el tiempo me despego del deseo de continuar mi preparación para ser sacerdotisa. Xánath me ha enseñado que en la vida lo que uno realice debe estar asentado en la firme convicción de que a ello se dedicará todo el esfuerzo y tiempo sin importar los sacrificios a los cuales haya que someterse.

He cambiado bastante desde que estoy fuera del *calmécac* y a partir de la declaración de Ocopilli, mi convicción de ser sacerdotisa se ha debilitado en mucho y ahora que me reconozco como mujer y que he conocido emociones tan intensas, no quiero renunciar a ellas y veo que mi existencia puedo encaminarla a formar un nuevo linaje. Creo que mi prima Citlalin atinó en su observación al señalarme que yo admiro y quiero tanto a mi maestra Xánath que deseo ser exactamente igual que ella.

Hay algo que me tiene inquieta desde hace un par de noches. Resulta que en el árbol que está en el jardín de la casa vi y escuche el canto de un *tecólotl* (tecolote). Dicen que cuando esta ave nocturna canta anuncia muerte o desgracia a quien le toca la mala suerte de escucharla, y a mí me tocó. Desde que la oí vivo intranquila pensando que a lo mejor a la expedición donde van Ocopilli y su padre le ha pasado algo.

Mañana mi mamá y yo iremos a visitar a Élotl y a la pequeña Xiuhcózcatl. Es imposible que Élotl tenga noticias de su esposo e hijo pues los viajes comerciales suelen tomar mucho tiempo.

El miedo hace ver y pensar cosas que no existen o no son, pero ciertamente los *pochtecas* están expuestos a varios peligros, como desbarrancarse, ser asaltados o atacados por los habitantes de los pueblos por donde pasan o comercian.

Los dioses protejan de todo mal a Ocopilli, a su padre y la expedición que conducen.

Metztli etzalcualiztli, xíhuitl 13 tochtli (junio de 1518)

Visitamos a Élotl y la encontramos intranquila, pues también ella escuchó el canto de un *tecólotl* en su jardín; mi mamá trató de calmarla, pero todos sabemos que esta ave augura malos acontecimientos.

Mi presentimiento se confirmo el día de hoy al ir junto con mis papás al *tianquiztli* de Tlatelolco donde se corrió la mala noticia que trajeron unos *pochtecas* recién llegados a Tenochtitlan. Según ellos, a su regreso encontraron en el camino los cuerpos sin vida de varios hombres que formaban parte de una expedición comercial que iba rumbo a Tochtepec; parece que entre los muertos encontraron un *tameme* que poco antes de morir les informó que fueron asaltados, y por las señas que dio parece que es la expedición dirigida por Xiuhpopoca.

Mi papá, al escuchar el nombre de su amigo, de inmediato hizo que nos regresáramos y fue en busca de mi tío Tepeyolotli, que trabaja a las órdenes de Moctezuma Xocoyotzin como recaudador de tributos. Por su cercanía con el *tlatoani*, mi papá supuso que estaría enterado del acontecimiento.

Yo le pedí a mi papá que me permitiera acompañarlo al *tecpan* donde localizaría a mi tío. Tal vez por la urgencia de salir de la duda no me cuestionó mi exagerada preocupación y mi necesidad de saber si la expedición atacada era donde iba Ocopilli.

Por primera vez en mi vida pisé el enorme y lujoso *tecpan* de Moctezuma Xocoyotzin. Yo he escuchado descripciones del lugar pero siempre las consideré exageradas, hoy comprobé con mis propios ojos lo que me negaba a aceptar como cierto. A pesar de mi estado de preocupación y de la prisa con la cual mi padre y yo atravesamos habitaciones y salas de grandes dimensiones en busca de mi tío Tepeyolotli, observé paredes tapizadas con pieles de animales y mantas de algodón de diversos colores; los pisos cubiertos con esteras tejidas con una planta de agua llamada *tulli* (tule) y en los techos hay largas y anchas piezas de madera fina. Es sabido por la gente que a nuestro *tla-*

toani le gusta tener animales de todas las especies, en el recorrido que tuvimos que realizar mi padre y yo por el *tépac* pasamos por un lugar llamado *totocalli* que es donde habitan las aves que son atendidas por mucha gente que se encarga de alimentarlas, de limpiarles los estanques y vi cómo algunos estaban espulgando a varios pajaritos; según me dijo mi abuelo, las plumas de las aves que se crían en este lugar son utilizadas por los *amantecas* que están al servicio del *tlatoani*.

Después de atravesar de extremo a extremo la enorme residencia, nos enteramos de que mi tío Tepeyolotli estaba en reunión con Moctezuma Xocoyotzin y por tal motivo tuvimos que esperar un largo rato. Cuando por fin mi tío salió a nuestro encuentro, mi padre le informó la noticia que ya circulaba por toda Tenochtitlan y le pidió que le notificara sí él sabía algo al respecto. Mi tío nos comunicó que estaba enterado pero que hasta ese momento no estaba confirmado si la expedición atacada era la de Xiuhpopoca y Ocopilli, pero que Moctezuma Xocoyotzin había dado la orden de que un grupo de guerreros y *pochtecas* salieran rumbo al sitio donde ocurrió el incidente e investigaran por los pueblos de los alrededores.

Mi padre y yo regresamos a casa en silencio, cada una ensimismado pidiendo a los dioses que Xiuhpopoca y Ocopilli estuvieran con vida y que pronto se tuvieran favorables noticias que nos trajeran la tranquilidad de saber que ellos no fueron los atacados o se hallaban ilesos.

Ante tal situación algo en mi interior me empujó a sincerarme con mi padre. Cuando llegamos a casa, en el jardín le pedí que nos detuviéramos porque necesitaba decirle algo. Mi papá escuchó en silencio el porqué de mi preocupación por Ocopilli, de la declaración de éste antes de partir y de mi confusión.

No quise llorar y con todo el valor que pude reunir le manifesté que ya no estaba convencida de ser sacerdotisa y le pedí que me perdonara por defraudarlo a él y a toda la familia.

En respuesta me abrazó y me dijo que desde hace tiempo se había dado cuenta de lo que me estaba sucediendo sin que yo misma me percatara. Quedé sorprendida cuando me informó que Ocopilli habló con él de sus sentimientos hacia mí y le pidió autorización para hablar conmigo. Así que me encontré con que mi papá lo sabía todo. No hubo reproches, con su abrazo y su mirada me trasmitió un gran cariño y comprensión. Su comentario se concretó a sugerirme que le pidiera a los dioses que me ayudaran a ver con claridad cuál es el camino que debo seguir.

Por un lado me siento tranquila porque platiqué con mi papá, pero por el otro, el temor de que Ocopilli y su padre estén muertos o heridos me tiene intranquila. Ante tal situación sólo queda pedir a los dioses su favor y esperar.

Tal vez sea mi estado de preocupación lo que me está provocando ser demasiado sensible y hago honor a mi signo *mázatl*, pues tiemblo de miedo por cualquier cosa, pero anoche tuve un sueño extraño que de sólo recordarlo me provoca un frío que me recorre todo el cuerpo. Vi cómo en medio de las montañas sagradas del Iztaccíhuatl y el Popocatépetl, una enorme y luminosa estrella se apagaba repentinamente y las tinieblas invadían mi cuarto, todo era oscuridad en mi alrededor.

El canto del *tecólotl* y ahora este mal sueño no me agradan nada y aumentan mi angustia y desesperación. Sólo me queda confiar en la bondad de los dioses.

Metztli tecuilhuitontli, xihuitl 13 tochtli (junio – julio de 1518)

Hace tres amaneceres comenzó el séptimo *metztli* donde se celebra a la diosa Huixtocíhuatl (señora de la sal). Estarán de fiesta durante diez días los que hacen la sal y al finalizar los festejos será sacrificada la doncella que representa la imagen viviente de esta diosa, en el *teocalli* de Tláloc porque Huixtocíhuatl es hermana de los tlaloques, los ayudantes de Tláloc, y por un disgusto que tuvo con sus hermanos, éstos la enviaron a las aguas saladas.

Mientras algunos están de fiesta, otros vivimos la tristeza. Ahora comprendo los augurios del canto del *tecólotl* y mi sueño de hace unas noches atrás. Efectivamente, hace dos noches se apagó una luminosa estrella en el firmamento, yo diría que en mi horizonte se apagó la luz y en este momento me rodea la oscuridad. El astro era Xánath, que murió mientras dormía, en la tranquilidad del atardecer, cuando nuestro padre Sol se retira a descansar. Xánath dejó la Tierra en la forma que vivió, serenamente.

La muerte es algo que sabemos que existe, pero vivimos creyendo que nunca nos tocará a nosotros o a nuestra familia; tal vez por esta razón nunca nos preparamos para esta partida o ausencia. La presencia repentina y breve de Mictlantecuhtli (señor de la muerte), llevándose consigo a nuestros seres queridos, es contundente en el ánimo y determinante en la vida de los que nos quedamos sobre la Tierra.

La repentina muerte de Xánath me tiene confundida, no esperaba un sufrimiento como éste, por ello me siento indefensa con una mezcla de miedo y dolor que me tiene envuelta por completo. Nunca imaginé que Xánath pudiera ser tocada por la muerte, pues muy adentro de mí la creí eterna.

Fue el amigo de mi abuelo, Tlacatéotl, quien vino muy entrada la noche para avisarme del deceso de mi querida maestra. La noticia nos dejó paralizados a todos. Lloré mucho y mi mamá me consoló con un cálido abrazo en el cual descargué mi dolor, me dijo que me comprendía porque ella estaba consciente de que Xánath había sido para mí una madre porque fue la que me educó y depositó en mi todo su cariño, su sabiduría y experiencia.

Aunque todavía no amanecía mi familia y yo, junto con Tlacatéotl, nos dirigimos al *calmécac* para estar presentes en las exequias de Xánath. Las sacerdotisas, maestras y doncellas del colegio tuvieron un noble gesto conmigo, pues no tocaron el cuerpo de Xánath ni iniciaron preparativos hasta que yo llegara; conocían de la estrecha relación afectiva entre Xánath y yo, así como de su marcada inclinación por mí.

En el *calmécac* me sorprendió encontrar tanta gente reunida para el funeral de Xánath. Estaban los padres de muchas jóvenes que fueron educadas por mi maestra y también estaban presentes sus discípulas que ahora son esposas y madres. Me encontré entre la muchedumbre a mi prima Citlalin, acompañada de mis tíos porque su esposo todavía no retorna de la guerra ceremonial que se lleva a cabo en la provincia de Tlaxcala. Citlalin lloraba desconsoladamente y yo no derramé una lágrima más, una inexplicable entereza surgió de mi interior y con un aplomo que desconocía en mí, entre mi prima, mi mamá y yo arreglamos el cuerpo de Xánath.

Como la muerte de Xánath fue natural, el lugar a donde le corresponde ir es al Mictlán (la región de los muertos), presidido por Mictlantecuhtli y su esposa Mictecacíhuatl. Xánath ha iniciado un largo y difícil viaje para llegar a su destino y descanso final en el Mictlan. Transitará por un caudaloso río que cruzará con la ayuda de un *itzcuintli* que fue sacrificado y puesto junto a su cuerpo cuando la enterramos; caminará por montañas, pasará por donde sopla un viento muy frío y por otro donde se encontrará con animales feroces que comen el corazón de los hombres, por ello le colocamos una piedra de jade en la boca para que le sirva de corazón y lo deje como prenda en este sitio.

En el *calmécac* se determinó que sería enterrada en las faldas de las montañas sagradas, el Iztaccíhuatl y el Popocatépetl.

Con sumo cuidado y cariño, en medio de un solemne silencio, Citlalin, mi madre y yo vestimos con una indumentaria blanca el cuerpo de Xánath, después la amortajamos con mantas de algodón y entre las tres colocamos su cuerpo sobre una tabla de madera que fue cargada por cuatro hombres, entre ellos mi padre, que así rindió homenaje y agradeció a Xánath el amor maternal, el cuidado y los conocimientos que me prodigó en vida.

Mientras arreglábamos a Xánath, me trasladé al pasado, recordé cuando llegue al *calmécac* y cómo de inmediato entre ella y yo se inició una unión afectiva y espiritual muy profunda. Cruzaron por mi mente las muchas tardes en la sala donde solíamos ir a registrar en los rollos de *ámatl*, arte que ella me heredó; volví a escucharla recitando los cantos de Nezahualcóyotl a quien tanto admiraba y que yo aprendí de memoria; de sus labios salieron muchas historias y leyendas de mi pueblo; con humildad y generosidad me transmitió su sabiduría y experiencia. Gracias a ella aprendí a apreciar la *in xóchitl in cuícatl*, la más elevada expresión de los sentimientos del hombre hechos canto de alabanza a los dioses, a la vida y a la muerte.

El cuerpo de Xánath salió del *calmécac* seguido por una larga fila de personas que la conocimos y aprendimos de ella. Atravesamos el gran centro ceremonial de Tenochtitlan y parte de la ciudad hasta detenernos en las orillas del lago donde abordamos varias canoas que nos transportaron al otro lado, donde continuamos nuestro recorrido en medio de la obscuridad de la noche que nos sorprendió en el camino. El cuerpo de Xánath, transportado sobre una tabla llevada en hombros, iba sembrado de flores blancas y amarillas, detrás desfilaba una hilera de teas encendidas acompañadas por los cantos tristes que todos entonamos.

Finalmente, cuando llegamos a las faldas de las montañas sagradas, guardamos silencio y varios hombres, entre ellos Tlacatéotl, mi padre, mi abuelo y mi tío Tepeyolotli, excavaron sobre la superficie de la tierra un gran hoyo donde se depositó el cuerpo de Xánath.

Cuando concluyó su entierro, en ese mismo instante comprendí que la misión de Xánath hacia mí estaba cumplida y a partir de su partida yo debía asumir la responsabilidad de poner en práctica todo aquello que aprendí de ella. Su recuerdo será tan eterno como las montañas sagradas donde fue enterrada. Nunca me sentiré sola, cuando necesite consuelo y orientación, con mirar hacia el Iztaccíhuatl y el Popocatépetl, sentiré intensamente la presencia de Xánath y de aquel sitio me llegará su cariño y su consejo sabio y oportuno.

En este momento encuentro fortaleza y esperanza en un canto de Nezahualcóyotl que Xánath recitaba con frecuencia:

¿A dónde iremos,

donde la muerte no existe?

Mas, ¿por esto viviré llorando?

Que tu corazón se enderece:

aquí nadie vivirá para siempre.

Aun los príncipes a morir vinieron,

hay incineramiento de gente.

Que tu corazón se enderece:

aquí nadie vivirá para siempre.

Metztli tecuilhuitontli, xihuitl 13 tochtli (junio – julio de 1518)

Desde que enterramos a Xánath no he dormido, me he pasado las noches contemplando las montañas sagradas, meditando lo que decidiré en cuanto a mi vida, y ya no escucharé la cálida voz de mi inolvidable maestra.

Por mi cabeza giran dos palabras: el deber y el querer. La ausencia de Ocopilli y no tener noticias de él y su padre me tienen angustiada y su imagen no me abandona en todo el día.

Desde que Ocopilli me confesó sus sentimientos y me propuso matrimonio, me descontroló, perdí el dominio de mí, pues antes estaba completamente segura de mi vocación de servicio a los dioses y ahora ya no sé lo que quiero. Con la muerte de Xánath ya no le encuentro sentido a mi regreso al *calmécac*, no existe nadie que pueda sustituirla. Xánath sabía colocar frente a mí un espejo donde yo misma me pudiera ver, donde yo misma me encontrara, pero hoy me siento extraviada.

En estos días han caído fuertes lluvias, el clima ha sido gris y tormentoso, así tengo mi ánimo. Todos los días he pedido a los dioses paz para mi corazón, luz para mi rostro, y no he obtenido respuesta a mi petición.

De pronto la luz en mi camino se ha apagado, pero me ha inspirado un canto de angustia:

> ¿Dónde anda mi rostro y mi corazón?
> Andan sin reposo,
> sin rumbo,
> perdidos andan mi rostro y mi corazón.

Mirando hacia las montañas del Iztaccíhuatl y el Popocatépetl, llegan a mi mente las palabras que alguna ocasión le escuché pronunciar a Xánath: "Son la adversidad y los contratiempos los que ayudan a fortalecer el alma del ser humano. Haz de ti misma un ser suficientemente poderoso, capaz de transformar tus fracasos en preciosas experiencias que acrecienten tu fuerza. Vivirás momentos de lucha verdadera contigo misma, serán decisivos y trascendentales, pero de ti dependerá levantarte y volver a emprender el camino."

Qué oportuna y necesaria fue mi salida del *calmécac*, hoy lo comprendo y se lo agradezco a Xánath. No cabe duda, era una mujer con visión, sabía lo necesaria que sería para mí la experiencia de conocer lo que es la vida fuera de los recintos del colegio.

Ayer por la noche mi abuelo, al darse cuenta de mi intranquilidad, salió a mi encuentro cuando yo estaba en el jardín. Me miró afectuosamente, pasó su delgada mano sobre mi cabeza y, con un tono sereno y pausado, me dijo: "Mi preciosa

Tlauhquéchol, mi pajarita rosada, la quietud y la tranquilidad ponen en orden las cosas del hombre sobre la tierra."

Me hizo entrega de una rollos de *ámatl* que su amigo Tlacatéotl le dio para mí. Eran de Xánath y es todo aquello que registró desde que fue ayudante de un *tlacuilo*. Yo sabía de su existencia pero desconocía su cantidad.

He revisado muy poco pero me encontré con la narración del pasado de mi pueblo que vivía en un lugar llamado Aztlán, ubicado muy al norte del lago donde está asentada la ciudad de Tenochtitlan. Según alcancé a revisar, nuestros antepasados eran una pequeña tribu que vivía en cuevas y se alimentaba de la agricultura, de la caza de animales y de la recolección de frutos silvestres. Estos antiguos mexicas iniciaron un largo y arduo peregrinar; no se ha podido determinar cuál fue exactamente la causa de esta migración, pero entre las versiones que recogió Xánath está la que dice que nuestro dios Huitzilopochtli prometió a nuestros abuelos y abuelas hacer de ellos un pueblo grande y poderoso, pero tenían que salir a buscar el sitio que él les señalaría como su asiento. Su búsqueda se llevó mucho tiempo, se establecieron en varios lugares hasta llegar a la región de la laguna. Los mexicas fueron repudiados por los pueblos que ya tenían tiempo de haber llegado. A pesar de la desconfianza que nuestros antepasados despertaron, se les permitió estar en Chapultepec, pero de aquí tuvieron que trasladarse a Culhuacan; el señor de esta provincia los mandó a Tizapan, donde abundaban culebras y animales venenosos, pero nuestros antepasados se adaptaron a esta situación y lograron sobrevivir.

Un incidente provocó la expulsión de los mexicas de Tizapan. Resulta que pidieron al señor de Culhuacan una hija suya para convertirla en sacerdotisa. El padre accedió, y cuando fue invitado a la ceremonia de consagración de su hija, cuán terrible fue su sorpresa al ver que un sacerdote llevaba puesta la piel de su amada hija. Los mexicas fueron expulsados de aquí y fue así como llegaron a una isla abandonada del lago de Texcoco, donde encontraron la señal que el dios Huitzilopochtli les había indicado que buscaran y consideraran ese lugar como punto final de viaje: una hermosa *cuauhtli* parada sobre un tunal desgarrando una *cóatl*.

Xánath registró a un lado de esta narración que la *cuauhtli* está relacionada con nuestro padre Sol y con la guerra, de este hecho se desprende la existencia de un grupo de guerreros llamados *cuauhtli* que, junto con otros denominados *océlot*, se destacan por su rigurosa disciplina y su elevada preparación en conocimientos religiosos, matemáticos, de los astros y lectura de los rollos de *ámatl*. Estos guerreros son lo mejor de Tenochtitlan por su condición física, su espiritualidad, su capacidad de organización y de mando en la guerra.

Según el pensamiento que han elaborado nuestros gobernantes y sacerdotes, la *cuauhtli* parada sobre un tunal, que produce un fruto rojo, significa sacrificio. Para el mexica el sacrificio es necesario, pues a través de él se alimenta a nuestro padre Sol que, concebido como un guerrero, todos los días entabla un combate contra los astros de la noche y debe ser nutrido con el corazón y la sangre del hombre para estar fuerte y luchar; su derrota significaría el fin de la humanidad sobre la tierra.

Xánath me sorprendía por su habilidad de comprensión, de crítica y síntesis que hacía de los hechos del pasado. Tenía la gracia de cautivarme con su estilo sencillo y ameno de narración, sabía en qué momento vestir los acontecimientos con el mito o la leyenda. Fue una mujer excepcional.

Metztli tecuilhuitontli, xihuitl 13 tochtli (junio – julio de 1518)

Siguen pasando los días sin tener noticias de Ocopilli y su padre Xiuhpopoca. Mi papá todos los días pasa a ver a mi tío Tepeyolotli para saber qué informes llegan al *tecpan* de los *pochtecas* o gente que llega del rumbo del sur a visitar a Moctezuma Xocoyotzin.

Desde que se rumoró que la expedición de Xiuhpopoca y Ocopilli fue atacada, he vivido con angustia y ya hasta me acostumbré a ella, pues tanto mi familia como Élotl estamos preocupados por la suerte que han corrido o están corriendo.

Mi mamá y yo hemos ido seguido a casa de Élotl para estar con ella, pero hoy acudimos desde muy temprano porque la pequeña hija de Élotl, Xiuhcózcatl, ha manifestado síntomas que, según mi mamá, es lo que llaman mal de ojo. En el camino me explicó que existe gente con mucha energía que puede dañar a otros, queriéndolo o no, y esto lo trasmite con sólo mirar a alguien débil, como los niños. Mi mamá le llevó a Élotl una semilla que llaman ojo de venado, para que una vez que sea curada la niña por la *tícitl*, la proteja de volver a caer enferma.

Cuando llegamos con Élotl, la *tícitl* había ya concluido su trabajo y la pequeña Xiuhcózcatl dormía plácidamente. Mientras mi mamá estaba con su amiga tratando de animarla, yo me quedé cuidando a la niña que ya ha crecido bastante y me encanta porque es muy risueña conmigo.

Cuando mi mamá y yo nos retiramos, Élotl me sorprendió con su comentario. Me dijo que ella sabía del interés de su hijo por mí y que tanto ella como su marido estaban enterados de que Ocopilli me dio a conocer sus intenciones antes de partir. Me pidió que en mis ofrendas invocara el favor de los dioses para que Xiuhpopoca y Ocopilli se encontraran bien aunque no supiéramos de ellos. También me preguntó sí todavía estaba decidida a ingresar al *calmécac* para convertirme en sacerdotisa. Mi respuesta fue que no lo sabía aún.

Al llegar a casa mi papá nos comentó lo que le informó mi tío Tepeyolotli que había ido a visitarlo. Lo que escuché en nada me agradó. Presiento malos tiempos para Tenochtitlan pues, dice mi tío, de un tiempo acá se le a visto a Moctezuma Xocoyotzin con semblante ensombrecido y meditabundo.

Parece que existe descontento en varias provincias tributarias de Tenochtitlan, pues consideran que la grandeza y esplendor de nosotros los mexicas se debe a su trabajo y no gozan ellos de los beneficios.

También se rumora que entre la gente que rodea a Moctezuma Xocoyotzin existe división. Están los que siguen a nuestro *tlatoani* y los que se inclinan por su hermano, Cuitláhuac, señor de Ixtapalapa, a quien se considera un hombre de corazón decidido y valiente, opinión que algunos no tienen de Moctezuma, de quien se dice se le ha visto turbado a causa de la información que habitantes de la gran mar le han traído de gente extraña en su aspecto físico y atuendo.

Mi tío comentó que por los corredores del *tecpan* se menciona con insistencia el nombre de una de nuestras principales deidades, Quetzalcóatl, el dios bueno y de la sabiduría. Cuando Xánath vivía, me habló de esta deidad que está relacionada con un personaje que vivió en Tula mucho tiempo atrás, llamado Ce Ácatl Topiltzin Quetzalcóatl, señor y sacerdote de esta ciudad. Durante su mandato los habitantes de Tula vivieron su mayor esplendor cultural.

Según las creencias que nos han trasmitido nuestros ancianos, Quetzalcóatl era un hombre muy religioso y prudente, cualidades que despertaron la envidia y enemistad del dios Tezcatlipoca, quien con engaños le hizo beber *octli*. Quetzalcóatl se emborrachó y tuvo relaciones con su hermana, la joven Quetzalpétlatl. Cuando se dio cuenta de la atrocidad en la cual cayó, lleno de vergüenza abandonó Tula y se dirigió a la región del oriente. Fue la época en que Tula decayó y perdió su antiguo esplendor, quedando sólo el recuerdo de su grandeza.

Quetzalcóatl llegó a *Tlillan Tlapallan* (el lugar del rojo y del negro), donde existe la sabiduría que se encuentra más allá de la gran mar. Aquí, según me explicó Xánath, existen dos versiones de lo que sucedió. La primera dice que cuando Quetzalcóatl llegó a la orilla del mar, construyó una *acalli* de culebras en la que se alejó. En la segunda se menciona que encendió una hoguera y que, antes de arrojarse, advirtió que volvería.

Tengo vivas en mi mente las palabras de Xánath cuando pronosticaba que a ella no le tocaría ver el regreso de Quetzalcóatl, pero que a mí sí, y por lo tanto debía estar preparada porque vendrían cambios en Tenochtitlan. Recuerdo que cuando escuchaba esto, un escalofrío recorría todo mi cuerpo.

Mirando hacia las montañas sagradas, desde hace varias noches he observado un cielo intensamente oscuro que me provoca temor.

En medio de la incertidumbre que vivimos en casa por la falta de noticias de Ocopilli y su padre, nuestras actividades cotidianas no han sido interrumpidas y, para más, hace unos días mi padre decidió que mi pequeño hermano Xocotzin ingresara al *calmécac* para iniciar su preparación formal bajo la guía y enseñanza del amigo de mi abuelo, Tlacatéotl, un hombre que, al igual que mi inolvidable maestra Xánath, carga a sus espaldas sabiduría y experiencia, amor y entrega a la formación de los jóvenes.

Faltan muy poco para que inicie el próximo *metztli*, que es cuando deberé regresar al colegio. No he tomado la decisión definitiva de lo que haré con mi existencia, el temor de ir contra mi *tonalli* es muy grande, pues es contradecir lo que los dioses tienen determinado para mí, pero como Xánath decía: "El tiempo siempre tiene las respuestas a nuestras dudas".

Metztli tecuilhuitontli, xihuitl 13 tochtli (junio – julio de 1518)

Hoy mi hermanito ingresó al *calmécac* y mis padres cumplieron con la tradición que se impone en este momento significativo para Xocotzin.

Ayer, cuando Tonátiuh se retiró del horizonte y la oscuridad de una noche estrellada cubrió toda la ciudad de Tenochtitlan, mi padre y mi abuelo le dirigieron a Xocotzin un razonamiento muy emotivo. Yo escuché con atención y mi madre no pudo evitar derramar unas lágrimas. Le señalaron que todo lo que ellos sabían se lo habían trasmitido con la seguridad de que no se perderían las máximas morales y los buenos hábitos que le inculcaron con la palabra y el ejemplo, que les entristecía su partida pero eran conscientes de que no eran dueños de él, ya que sus verdaderos padres eran los dioses por quien se viene a la Tierra y se existe sobre ella. Que ya era mo-mento de que pasara a las manos del hombre que formaría su rostro y su corazón, el que formaría su carácter a través de la palabra, de la disciplina y el estudio. Su guía y educador sería Tlacatéotl, amigo respetado y amado por la familia, en quien depositarían una de sus "plumas ricas". Le recomendaron que obedeciera en todo a Tlacatéotl pues él lo ayudaría a conocerse, a corregir sus defectos y cultivar sus cualidades.

Mi padre abrazó por largo tiempo a Xocotzin y le manifestó que estaba seguro de que en el *calmécac* perfeccionaría su habilidad en el arte plumario, pues los dioses depositaron en él el don de la sensibilidad y la gracia de saber combinar y acomodar los diversos colores y tamaños de las plumas.

Mi abuelo finalizó esta emotiva despedida recomendándole a Xocotzin que el oficio de *amanteca* siempre lo practicara con entrega y esforzándose siempre por alcanzar la excelencia, pues de esto viviría y con ello alababa a los dioses.

A nosotras las mujeres no se nos permite decir nada en estos acontecimientos, pues los padres se ocupan de los niños y las madres de las niñas, pero en casa mi padre siempre nos ha tomado cuenta y respetado a mi mamá y a mí. Mi mamá estaba muy emocionada y sólo pudo abrazar a mi hermano y hacerle una serie de recomendaciones de buen comportamiento en el colegio. Yo le aconsejé que respetara y amara al que sería como su padre, que todo lo que aprendiera de él lo guardara en su corazón como un preciado tesoro. Xocotzin, muy sereno, agradeció nuestras muestras de cariño y palabras y a mí me abrazo y me obsequió su pájaro *centzontlatole*.

Hoy fue la ceremonia de aceptación en el *calmécac* de mi hermanito Xocotzin. Llegó por él Tlacatéotl, quien con humildad agradeció a mis padres la confianza que depositaban en su persona y se comprometió a hacer de Xocotzin un joven responsable, con oficio y respetuoso de los dioses.

Mi prima Citlalin y su esposo, que recién regresó de la guerra sagrada que se practica con los tlaxcaltecas, nos acompañaron en esta ceremonia familiar para la cual preparamos una comida y así agradecer la presencia de la gente invitada por mis padres. Entre los que asistieron se encontraba el que fue esposo de mi amiga Xiuhtótotl, quien se ha vuelto a casar pues su pequeño hijo necesita los cuidados de una madre, los que él no puede darle.

Citlalin me reservó un gran secreto que guarda desde hace varios días. Resulta que los dioses han escuchado su petición y una semilla ha sido sembrada en su vientre. Mi prima ya espera un niño, la vida florecerá dentro de ella. Me dio mucho gusto contemplar en su semblante la felicidad que acentúa la belleza de su rostro moreno y la envuelve en una ternura que me conmovió.

Antes que Tlacatéotl se retirara en compañía de mi hermano Xocotzin para irse al *calmécac*, se acercó a mí y en tono afectuoso me dijo que estaba enterado de mi duda a reingresar al colegio; él trato a Xánath pues ambos compartían el noble oficio de formar corazones y rostros de todos aquellos jóvenes que los dioses depositaban en sus manos.

Su opinión me ha puesto a reflexionar en serio. Él considera que los dioses ponen pruebas a los hombres para ayudarlos a descubrir y tomar su *tonalli*. Me aconsejó que dialogara con mi corazón y pidiera a los dioses el valor que necesito en estos momentos para tomar una decisión. Con estas palabras sembradas en mi interior y una mirada llena de comprensión y afecto, se retiro Tlacatéotl con Xocotzin.

Metztli tecuilhuitontli, xihuitl 13 tochtli (junio – julio de 1518)

He presenciado varias salidas de nuestro padre Sol, siempre con la mirada, el pensamiento y el corazón depositados en las montañas sagradas, eternos testigos silenciosos de mi crecimiento, de mis pesares y dichas. Observarlos en silencio me llena de tranquilidad, esa sensación de paz y confianza que me hace evocar la imagen de mi querida Xánath.

Así como el nuevo día se toma su tiempo para nacer, así como poco a poco las tinieblas de la noche son desplazadas por las alegres luces de Tonátiuh, así veo que en mi interior la duda va desapareciendo y la promesa de una valiente decisión se asoma.

Dentro de poco iniciará el octavo *metztli* llamado *huey tecuilhuitl*, ocasión de hacer fiesta a la diosa Xilonen (señora del maíz tierno). Desde muy temprano los *pipiltin* harán alarde de su generosidad repartiendo alimentos a los ancianos y ancianas, a los hombres y mujeres, a los niños y niñas pobres de la ciudad.

El día de la ceremonia de sacrificio de la joven doncella que representa a Xilonen, yo deberé regresar al *calmécac*.

La tormenta ha pasado y la decisión está tomada.

Metztli huey tecuilhuitl, xihuitl 13 tochtli (julio de 1518)

Por fin lo ha comprendido mi corazón. Meditando en el silencio de la noche sobre mi *tonalli*, he entendido que todos los acontecimientos por los que he transitado me han ayudado a descubrir que la vida en el *teocalli* no es para mí. Xánath lo sabía y actuó con prudencia para que yo sola llegara al descubrimiento de la verdad. Desgraciadamente ella tuvo que morir para que yo naciera a una nueva vida.

La ausencia de Ocopilli ha puesto al descubierto un sentimiento de amor hacia él. El cariño que de niños nos teníamos el uno por el otro, se trasformó. Otros lo vieron antes que yo, pues el temor y la falta de carácter me hicieron negar un sentimiento que es imposible ocultar. Mi cariño y admiración por mi maestra me condujeron a querer imitarla, a ser igual que ella. Imposible, los dioses dan a los hombres un atuendo diferente, un *tonalli* para cada uno.

Hasta el momento no se tienen noticias de Ocopilli y su padre, pero una vocecita en mi interior me dice que están vivos. Con esta esperanza aguardaré su regreso y aceptaré su propuesta.

Hoy, antes del alba, mirando hacia las montañas sagradas del Iztaccíhuatl y el Popocatépetl, cerré mis ojos y el eco de una voz femenina, muy conocida para mí, me susurró las siguientes palabras: "Extiende tus alas, mi preciosa Tlauhquéchol, mi preciosa ave rosada, ábrete a la vida, levanten el vuelo tus jóvenes alas, un nuevo horizonte los dioses te ofrecen como camino."

La cálida luz de Tonátiuh se hace presente en mi horizonte y me acompañará junto con el melodioso canto del *centzontla-tole* en mi amorosa espera del regreso de Ocopilli.

> Pero, aun cuando así fuera,
> si saliera verdad que sólo se sufre,
> si así son las cosas en la tierra,
> ¿se ha de estar siempre con miedo?,
> ¿habrá que estar siempre temiendo?,
> ¿habrá que vivir siempre llorando?
>
> Porque se vive en la tierra,
> hay en ella señores,
> hay mando, hay nobleza,
> hay águilas y tigres.
>
> ¿Y quién anda diciendo siempre
> que así es en la tierra?
> ¿Quién trata de darse la muerte?
> ¡Hay afán, hay vida,
> hay lucha, hay trabajo!

Personajes

AMIMILLI (Ola de agua), madre de Tlauhquéchol.

CITLALCÓATL (Serpiente de estrellas), esposo de Xiuhtótotl.

CITLALIN (Estrella), prima y compañera del *calmécac* de Tlauhquéchol.

ÉLOTL (Mazorca de maíz verde), esposa de Xiuhpopoca, madre de Ocopilli y amiga de Amimilli.

OCOPILLI (Noble tea), hijo de Xiuhpopoca y Élotl, pretendiente de Tlauhquéchol.

QUAUHCÓATL (Serpiente - águila), joven noble y esposo de Citlalin.

QUETZALHUÉXOTL (Sauce precioso), anciano artista plumario, padre de Tletonátiuh y Tepeyolotli, abuelo de Tlauhquéchol.

TEPEYOLOTLI (Corazón del monte), recaudador de tributos en el palacio de Moctezuma Xocoyotzin, tío de Tlauhquéchol y padre de Citlalin.

TLACATÉOTL (Hombre divino), amigo del abuelo de Tlauhquéchol y anciano maestro del *calmécac*.

TLAUHQUÉCHOL (Ave rosada), adolescente, estudiante del *calmécac* y aspirante a convertirse en sacerdotisa.

TLETONÁTIUH (Sol de fuego), artista plumario y padre de Tlauhquéchol.

XÁNATH (Flor bella), anciana maestra de Tlauhquéchol en el *calmécac*.

XIUHCÓZCATL (Collar de turquesas), hija recién nacida de Élotl y Xiuhpopoca.

XIUHPOPOCA (Hierba que humea), comerciante, amigo de Tletonátiuh y padre de Ocopilli.

XIUHTÓTOTL (Pájaro azul), amiga de la infancia de Tlauhquéchol.

XOCOTZIN (Fruto apreciado), hermano menor de Tlauhquéchol.

XÓCHATL (Agua rosada), esposa de Tepeyolotli y madre de Citlalin.

Marco histórico

Mesoamérica, mosaico de pueblos, costumbres y lenguas, fue el escenario natural que vio florecer varias civilizaciones indígenas que hoy, gracias a los restos arqueológicos que han perdurado y que nos hablan de su grandeza, son motivo de orgullo para los mexicanos.

En 1943, Mesoamérica fue definida como un espacio geográfico y cultural que comprendió el centro y el sur de México, y una parte de Centroamérica. Fue en este espacio donde olmecas, teotihuacanos, mayas, zapotecas, mixtecas, toltecas, tarascos y mexicas desarrollaron un alto nivel cultural.

Para facilitar el estudio de Mesoamérica, los especialistas han delimitado cinco áreas: Costa del golfo de México, Área maya, Oaxaca, Altiplano central, Occidente.

Cronológicamente, Mesoamérica ha sido dividida en tres periodos: Preclásico (2200 a.C. a 200 d.C.), Clásico (200 a 900), Posclásico (900 a 1521)[1].

No obstante que los pueblos mesoamericanos se desarrollaron en diferentes áreas y periodos, compartieron elementos culturales. Entre las características comunes que manifestaron se pueden citar las siguientes:

---

[1] Cronología tomada de Escalante, Pablo. "Mesoamérica, aridamérica y oasisamérica", en *Atlas histórico de Mesoamérica*. Coordinadores: Linda Manzanilla y Leonardo López Luján. Ediciones Larousse, México, 1993, pp. 12-13.

–Base de la economía: la agricultura.

–El cultivo en chinampa (*chinámitl*).

–Alimentación básica: maíz, frijol, calabaza y chile.

–El mercado como centro de abasto de las poblaciones (*tianquiztli*).

–Religión politeísta.

–Práctica del sacrificio con finalidad religiosa.

–Uso de dos calendarios: el solar o agrícola de 365 días (*xihuitl*), compuesto de 18 meses de 20 días más 5 días aciagos; y el ritual de 260 días (*tonalpohualli*), de 13 meses de 20 días cada uno.

–Práctica del juego de pelota (*tlachtli*).

–Escritura jeroglífica.

–Uso de adornos plumarios para señalar las diferencias sociales.

Los mexicas, que alcanzaron su esplendor durante el posclásico, asentados en el área del altiplano central asimilaron y sintetizaron los logros culturales de los pueblos que los precedieron: olmecas, teotihuacanos y toltecas, principalmente.

El grupo de los mexicas salió del norte, de la mítica Aztlán; de este sitio se desplazaron hacia el sur en busca de la señal que su dios, Huitzilopochtli, les indicó: donde encontraran la señal sería el lugar de su asentamiento.

Su peregrinar fue largo y penoso hasta que llegaron al valle de México, pero fueron rechazados por los pueblos que ya estaban establecidos: culhuas, chalcas, tepanecas, tlahuicas, tlaxcaltecas y xochimilcas.

Después de vivir en varios lugares, los mexicas llegaron al señorío de Culhuacan, donde les permitieron quedarse en un sitio llamado Tizapán. Ahí le pidieron al Señor culhua una de sus hijas para convertirla en su diosa; éste la concedió pero no imaginó que sería sacrificada. Cuando el padre se dio cuenta de lo que le hicieron a su hija, fue tan grande su cólera que los mexicas huyeron hacia un islote del lago de Texcoco que pertenecía a los tepanecas de Azcapotzalco. Fue aquí donde encontraron la señal que Huitzilopochtli les indicó: un águila posada sobre un nopal devorando una serpiente.

En 1325 fue fundada Tenochtitlan. Un grupo de mexicas se separó y se estableció en otro islote donde construyeron la ciudad de Tlatelolco.

En 1376 el jefe de los mexicas, Tenoch, pidió al señor de Culhuacan un gobernante que fue Acamapichtli. Fue el primer *tlatoani* y con él se inició la dinastía de los señores mexicas.

La historia política mexica se puede dividir en cuatro etapas:

Primera. Con los gobernantes Acamapichtli (1376-1396), Huitzilíhuitl (1396-1417) y Chimalpopoca (1417-1427) los mexicas fueron tributarios de los tepanecas de Azcapotzalco. Conquistaron varios pueblos, entre ellos Cuauhtitlán, Cuauhnáhuac (Cuernavaca), Mixquic, Tulancingo, Texcoco, Xaltocan y Xochimilco.

Segunda. Durante el gobierno de Izcóatl (1427-1440) unieron sus fuerzas Tenochtitlan, Texcoco y Tlacopan (Tacuba) para formar la Triple Alianza que luchó contra Azcapotzalco, a la que derrotaron en 1428. A partir de este momento comenzó le época expansionista y de formación de lo que fue el imperio mexica.

El artífice de una serie de reformas políticas, económicas y sociales fue Tlacaélel, consejero de Izcóatl. Los cambios en Tenochtitlan tuvieron la finalidad de convertirla en la ciudad más importante del valle de México. Para llevar a cabo este proyecto fue necesario crear dos órdenes militares: la de los guerreros Águila y la de los guerreros Tigre.

Se inculcó a los mexicas la idea de ser un pueblo con una misión: alimentar al Sol con el líquido precioso, aquel en que está contenida la vida misma: la sangre. Así como los dioses se sacrificaron para que fuera creado el hombre, así el hombre debía agradecer con su sacrificio para que el Sol siempre estuviera en condición de enfrentar las fuerzas de la noche y salir victorioso, lo cual significaba que la humanidad continuaría en pie. Para obtener el néctar que alimentaba al dios solar era necesaria la guerra. Con Tlacaélel e Izcóatl, la guerra y el sacrificio humano tuvieron gran importancia no sólo en el plano religioso, sino también en el económico, político y social.

Tercera. En esta etapa gobernaron Moctezuma Ilhuicamina (1440-1469), Axayácatl (1469-1481), Tízoc (1481-1486) y Ahuízotl (1486-1502). Continuarán las conquistas y la imposición del pago de tributo a todos aquellos pueblos sometidos por los guerreros mexicas. Tlatelolco se reveló contra el poder mexica y Axayácatl derrotó a los tlatelolcas en 1473.

La expansión continuó: por el sur llegó hasta Tehuantepec y el Soconusco; por el occidente a la frontera del señorío tarasco y por el norte hasta Xilotepec.

En la ciudad de Tenochtitlan se llevaron a cabo trabajos de urbanización gracias a los tributos que llegaban desde los diferentes pueblos del territorio mesoamericano sometidos por los mexicas. El Templo Mayor fue ampliado, se construyó un acueducto que llevaba agua a Tenochtitlan desde Coyoacán. En el trabajo artístico se esculpió la piedra del Sol.

Cuarta. La etapa final del poderío mexica fue gobernada por Moctezuma Xocoyotzin (1502-1520), Cuitláhuac (1520) y Cuauhtémoc (1520-1521). Algunos pueblos sometidos se empezaron a rebelar contra el poder de los mexicas.

Moctezuma Xocoyotzin era gobernante cuando los españoles iniciaron los viajes de exploración en las costas de Yucatán y Veracruz: en 1517 Francisco Hernández de Córdoba; en 1518 Juan de Grijalva, y en 1519 Hernán Cortés.

Cuando Cortés y su gente llegaron a Veracruz, Moctezuma envió mensajeros que les llevaron ricos presentes, pues creía que Cortés era el dios Quetzalcóatl debido a una leyenda que recogieron los mexicas de los antiguos toltecas. No se logró detener a los españoles en Veracruz y Moctezuma los recibió en la ciudad de Tenochtitlan en noviembre de 1519.

Cortés y sus hombres fueron alojados y tratados con reverencia, pero el conquistador español retuvo a Moctezuma en su palacio. En mayo de 1520 Cortés tuvo que viajar a Veracruz para salir al encuentro de Pánfilo de Narváez, que traía la orden del gobernador de Cuba, Diego Velázquez, de apresarlo. En Tenochtitlan Pedro de Alvarado, a quien Cortés dejó el mando mientras regresaba, llevó a cabo una matanza de indígenas en el Templo Mayor.

Cuando Cortés regresó a Tenochtitlan, él y su gente fueron atacados por la población indígena. En un intento por calmar la situación pidió a Moctezuma que hablara con su pueblo, pero el gobernante mexica murió al ser agredido con piedras por su gente.

Cortés y sus hombres decidieron salir de Tenochtitlan y refugiarse en Tlaxcala, pero sufrieron una derrota el 30 de junio de 1520, hecho histórico que se conoce como "la noche triste". A pesar del descalabro, los españoles lograron escapar.

Cuitláhuac sustituyó a Moctezuma, pero murió al poco tiempo a causa de una epidemia de viruela que se desató en Tenochtitlan. Su lugar fue ocupado por Cuauhtémoc, quien organizó la resistencia contra los españoles.

En mayo de 1521 Tenochtitlan fue sitiada por Cortés. Sus calles se convirtieron en un cementerio atestado por cadáveres de mexicas, la epidemia de viruela circuló por todas partes y el hambre se hizo presente en una ciudad que, no hacía mucho tiempo, se caracterizaba por la abundancia de todo género de alimentos.

Finalmente, el 13 de agosto de 1521 el último *tlatoani* mexica, Cuauhtémoc, fue apresado y la esplendorosa Tenochtitlan llegó a su fin.

Personajes históricos

AHUÍZOTL. Octavo *tlatoani* mexica (1486-1502). Realizó importantes conquistas hasta Guatemala, al sur, y a la huasteca veracruzana, al norte. Durante su gobierno emprendió obras de embellecimiento en Tenochtitlan; concluyó el Templo Mayor; mandó construir un acueducto que llevaba agua dulce de Coyoacán a la capital mexica, pero al concluirlo la ciudad sufrió una terrible inundación. Al poco tiempo murió este gobernante. Fue padre del último *tlatoani*, Cuauhtémoc.

AXAYÁCATL. Sexto *tlatoani* mexica (1469-1481). Durante su gobierno sometió a los tlatelolcas, emprendió contra los matlatzincas una campaña militar y fue herido en una pierna; fue derrotado cuando intentó conquistar a los tarascos. A él se debe la terminación de la pieza labrada conocida como piedra del Sol. Cultivó la poesía y han llegado hasta nosotros dos cantares suyos. Fue padre de Moctezuma Xocoyotzin.

CE ACATL TOPILTZIN QUETZALCÓATL. Héroe cultural, sacerdote, sabio y gobernante de la legendaria Tula. Su madre fue Chimalma, que según una leyenda se embarazó cuando al estar barriendo recogió una piedra verde y se la guardó en el seno; otra versión le da por padre al guerrero Mixcóatl. Cuando gobernó a los toltecas los llevó a la prosperidad y al esplendor cultural. Según el mito, con engaños

Tezcatlipoca lo hizo beber pulque y cometió incesto con su hermana. Avergonzado, salió de Tula hacia la región del *Tlillan Tlapallan*, el lugar del rojo y del negro, donde anunció que regresaría y se inmoló en una hoguera. A este personaje se le ha identificado con Quetzalcóatl, deidad creadora importante en la cosmovisión los pueblos mesoamericanos.

HUÉMAC. Gobernante de Tula, ejerció el poder de manera autoritaria. Favoreció la práctica de los sacrificios humanos. Con Huémac, Tula llegó a su fin. Abandonó la ciudad y se fue a Chapultepec donde murió en 1070.

HUITZILÍHUITL. Segundo *tlatoani* mexica (1396-1417). Bajo su gobierno los mexicas estuvieron sometidos a lo tepanecas de Azcapotzalco. Se casó con una hija de Tezozómoc, señor tepaneca, y de esta unión nació Chimalpopoca, tercer *tlatoani* de Tenochtitlan. Como aliado de los tepanecas estuvo en las campañas militares contra Cuauhtitlán, Chalco, Texcoco y Xaltocan.

MACUILXOCHITZIN. Poetisa mexica, hija de Tlacaélel.

MOCTEZUMA XOCOYOTZIN. Noveno *tlatoani* mexica (1502-1520). Emprendió una serie de campañas militares para extender su dominio y el comercio. Sometió a los pueblos que se rebelaron por el alto tributo que pagaban. Introdujo una serie de reglas rigurosas que se observaban en su corte y en el trato a su persona. Se le ha descrito como un hombre muy religioso y supersticioso. Le tocó la llegada de los españoles, intentó que éstos no avanzaran a Tenochtitlan y, finalmente, recibió a Hernán Cortés y a sus hombres el 8 de noviembre de 1519. Estuvo custodiado por los españoles, y al desatarse una rebelión a causa de la matanza del Templo Mayor ordenada por Pedro de Alvarado, Cortés (que acababa de llegar de Veracruz a donde fue a detener una expedición encabezada por Pánfilo de Narváez que venía a tomarlo preso) pidió a Moctezuma que hablara y calmara a su pueblo. Existen dos versiones de la muerte de este *tlatoani,* una señala que los indígenas le lanzaron una piedra a la cabeza cuya herida le provocó la muerte; la otra culpa a los españoles de haberlo apuñalado. Moctezuma Xocoyotzin murió en junio de 1520.

MOQUÍHUIX. Señor de Tlatelolco, casado con Chalchiuhnenetzin, hermana de Axayácatl, *tlatoani* mexica. Moquíhuix organizó una conspiración contra Tenochtitlan; al tener noticia, su esposa lo informó a Axayácatl, quien se adelantó y atacó Tlatelolco. Moquíhuix murió durante el enfrentamiento entre mexicas y tlatelolcas en 1473.

NEZAHUALCÓYOTL. Poeta, sabio y gobernante de Texcoco. Nació en 1402 y murió en 1472. Sus padres fueron Ixtlilxóchitl el Viejo y Matlalcihuatzin (hija de Huitzilíhuitl, segundo *tlatoani* mexica). Siendo joven vio cómo su padre fue asesinado por los tepanecas y Texcoco quedó bajo el dominio de Azcapotzalco. Nezahualcóyotl huyo de Texcoco hasta que, con ayuda de los mexicas, logró liberarlo de los tepanecas. Durante su gobierno, Texcoco floreció culturalmente. Se destacó como arquitecto al mandar construir templos, jardines, calzadas, acueductos y diques. Como legislador elaboró un cuerpo de leyes. Cultivó la poesía y de su producción se conocen y conservan 30 composiciones.

TEZOZÓMOC. Señor de Azcapotzalco que tuvo bajo su dominio Tenochtitlan y Texcoco. Casó a una de sus hijas con Huitzilíhuitl y de este enlace nació su nieto Chimalpopoca, tercer *tlatoani* mexica. Murió en 1427.

TLACAÉLEL. Célebre coadjutor de varios *tlatoque* mexicas, de Izcóatl a Ahuízotl. Hijo del *tlatoani* Huitzilíhuitl y hermano de Moctezuma Ilhuicamina. Promovió una serie de reformas en la estructura política, económica, social y religiosa del pueblo mexica. Fue quien promovió la creación de una conciencia histórica que fundamentara la grandeza de Tenochtitlan. Dio un profundo sentido religioso a la guerra y al sacrificio, pues de la captura de prisioneros, de su sangre y corazón se alimentaba Huitzilopochtli, deidad relacionada con el Sol, a la cual había que alimentar para que estuviera en condiciones de luchar contra las fuerzas de la noche y la humanidad no pereciera.

Glosario

Acachinanco: embarcadero localizado al sur de la ciudad de Tenochtitlan.

Acahualli: girasol.

Acalli: canoa.

Acociltin: camarones de río.

Amantecas: artistas plumarios.

Amantla: barrio donde habitaban los amantecas.

Amapan: dios del juego.

Ámatl: papel hecho con la corteza del árbol de amate.

Amolli: planta usada como jabón.

Atolli: bebida elaborada con maíz molido y agua.

Atzacoalco: uno de los cuatro campan que componían la ciudad de Tenochtitlan, localizado al noreste del Templo Mayor.

Ayocuan: ave de pluma color negro verdoso brillante.

Azcapotzalco: "en el hormiguero", señorío tepaneca al cual estuvieron sujetos los mexicas hasta 1428, hoy una de las delegaciones del Distrito Federal.

Áztatl: ave de plumas blancas, conocida como garza.

Aztlán: "lugar de las garzas", lugar de origen de los mexicas de donde partió la peregrinación hasta establecerse en el valle de México donde fundaron Tenochtitlan.

Cacles: sandalias formadas por una suela y un par de correas.

Calmécac: colegio para los nobles donde se les enseñaba todo lo relacionado con la religión, la astronomía y el arte.

Calpixqui: funcionario designado desde Tenochtitlan para cada provincia tributaria. Vigilaba el pago y envío del tributo a la capital mexica en el tiempo, la cantidad y calidad acordada.

Calpulli: barrio donde vivían familias que tenían parentesco o los unía la práctica de un oficio.

Camaxtle: dios de la caza.

Campan: barrios mayores, Tenochtitlan estaba dividida en cuatro: Atzacoalco (noreste), Cuepopan (noroeste), Moyotlan (suroeste) y Teopan (sureste).

Ce xóchitl: de acuerdo con el calendario ritual, *tonalpohualli*, los que nacían bajo este signo serían artistas.

Centzon huitznahua: "los cuatrocientos surianos", hijos de Coatlicue y hermanos de Huitzilopochtli.

Cihuacóatl: diosa mexica pero en la esfera política era un cargo que equivalía a consejero o sustituto del tlatoani cuando éste marchaba a una campaña militar.

Cihuapatli: planta con cuya raíz molida se preparaba una pócima que facilitaba el alumbramiento.

Cihuapipiltin: "mujeres nobles", eran las que morían en el primer parto.

Cihuatetéo: "mujeres deificadas" también llamadas *cihuapipiltin*.

Cihuatlamacazqui: sacerdotisa.

Cihuatlanque: casamenteras.

Cihuáyotl: feminidad.

Cintéotl: dios del maíz tierno.

Coaixtlahuacan: "valle de serpientes". Lugar situado en Oaxaca.

Coátepec: "en el cerro de la serpiente". Lugar cercano a Tula donde según la leyenda nació Huitzilopochtli.

Cóatl: serpiente.

Coatlicue: diosa madre.

Comalli: comal, instrumento redondo de barro colocado sobre el fuego donde se cocían las tortillas.

Copalli: resina olorosa que se quemaba para rendir culto a los dioses; también le daban uso medicinal.

Coyoacán: "lugar donde tienen sus coyotes", hoy delegación del Distrito Federal.

Coyolxauhqui: hija de Coatlicue y hermana de Huitzilopochtli.

Coyotlináhual: dios de los amantecas.

Cuauhnáhuac: "lugar junto a la arboleda", antigua provincia que hoy es Cuernavaca.

Cuauhtli: águila.

Cuéitl: enagua, lienzo que se enredaban las mujeres alrededor de la cintura y cubría hasta las pantorrillas.

Culhuacan: "lugar de los colhuas". Capital de los colhuas, cercano a Chalco.

Curita-Cuheri: mensajero de la guerra entre los tarascos.

Chalchiuhtlicue: diosa de los ríos, esposa de Tláloc.

Chicomecóatl: diosa del maíz.

Chichicuauhtli: "árbol de leche", donde estaba plantado vivían las almas de los niños que estaban en espera de ser depositados en el vientre de su futura madre.

Chilmolli: salsa de chile.

Chimallis: escudos, protectores que usaban los guerreros mexicas en las guerras.

Chinámitl: chinampa, sistema de cultivo que consistía en islotes construidos en lagos de poca profundidad con lodo y vegetación acuática. Los lagos de Chalco y Xochimilco eran la zona chinampera más importante del valle de México.

Chiquihuites: canastos tejidos.

Ehécatl-Quetzalcóatl: dios del viento.

Etzalcualiztli: sexto mes del calendario de los 365 días, correspondía a junio.

Etzalli: guiso de maíz cocido y frijol.

Huaunzontles: planta cuyas espigas florales son comestibles.

Huexólotl: guajolote.

Huexotzinco: "en los sauces". Conocido como Huejotzingo en Puebla.

Huey tecuílhuitl: octavo mes del calendario de los 365 días, correspondía a julio.

Huey tozoztli: cuarto mes del calendario de los 365 días, correspondía a abril-mayo.

Huipilli: huipil, prenda femenina que era una blusa bordada.

Huitzilopochco: "en casa de Huitzilopochtli", hoy Churubusco.

Huitzilopochtli: dios de la guerra.

Huitzitzilin: avecilla de plumaje con colores brillantes, conocida popularmente como colibrí o chupamirto

Huixtocíhuatl: diosa de la sal.

Icpalli: asiento con respaldo, era un signo de poder porque los únicos que tenían derecho a usarlo eran los gobernantes.

In xóchitl in cuícatl: "flor y canto", cultivo del arte de la poesía.

Itzcuauhtli: ave de plumaje color café oscuro, conocida popularmente como águila real o dorada.

Itzcuintli: variedad de perro que no presentaba pelo, servía como alimento y se creía que acompañaba a las almas de los difuntos en su recorrido por el inframundo.

Izcozauhqui: hijo del dios Tonátiuh (Sol).

Iztaccíhuatl: "mujer blanca", volcán localizado al este del valle de México.

Iztapalapa: "sobre las lajas", hoy una de las delegaciones del Distrito Federal.

Macehuales: gente del pueblo.

Macuilocélotl: dios al que rendían culto los amantecas.

Macuiltochtli: dios al que rendían culto los amantecas.

Malácatl: pieza que utilizaba para hilar.

Matlatzincas: grupo indígena que se estableció en el valle de Toluca.

Máxtlatl: braguero, pedazo de tela que se enrollaban alrededor de la cintura los varones para cubrir los genitales.

Mázatl: venado.

Metl: maguey.

Metlápil: piedra usada para moler alimentos sobre el metate.

Métlatl: metate.

Metztli: luna, mes.

Mexica o nahuas: indígenas hablantes de la lengua náhuatl que vivían y viven en diferentes regiones de México. Algunas de las principales ciudades prehispánicas del centro de México estaban habitadas por grupos nahuas, como Tacuba, Tlatelolco, Culhuacan, Chalco, Texcoco, Azcapotzalco y otras. Los mexicas (o tenochcas) eran nahuas, fundaron la ciudad de Tenochtitlan. Es común llamarlos "aztecas" debido a que vivían en un lugar llamado Aztlán, de donde salió la peregrinación. El nombre que ellos usaban para sí mismos era el de mexicas o mexicanos.

Mictlán: "lugar a donde van los muertos".

Mictlantecuhtli y *Mictecacíhuatl*: señor y señora del Mictlán.

Molcáxitl: molcajete.

Moyotlan: uno de los cuatro *campan* de Tenochtitlan localizado al suroeste del Templo mayor.

Nixtamal: maíz que se ablanda con agua de cal para hacer tortillas.

Oappátzan: dios de la pelota.

Océlotl: jaguar.

Octli: pulque, bebida producida por la fermentación del jugo del maguey.

Ocuáhuitl: árbol de tierra caliente del que se extraía *olli*, material con el que se elaboraban pelotas.

Olli: material elástico muy duro con el cual se hacían pelotas.

Ometecuhtli y *Omecíhuatl*: "nuestros padres", dioses creadores, concebidos como cónyuges.

Ometéotl: dios supremo y principio fundamental de todo lo que existía.

Omeyocan: la parte más alta de los trece cielos que componían la bóveda celeste del universo, aquí residían Ometecuhtli y Omecíhuatl.

Ozomatli: mono.

Pachtli: heno.

Petlacálcatl: funcionario que registraba y guardaba los tributos en los almacenes del *tecpan*.

Petlacalli: petaca.

Pilli: noble.

Pipiltin: nobles.

Pochteca: comerciante.

Pochtecáyotl: arte de traficar practicado por los pochtecas.

Popocatépetl: "cerro que humea", volcán activo situado al sur de la sierra Nevada.

Putunes: comerciantes mayas.

Quechquémitl: capa, prenda femenina en forma de rombo que cubría el busto.

Quetzalpétlatl: hermana de Quetzalcóatl.

Quetzaltótotl: ave de pluma fina de color verde dorado muy apreciada por los mexicas, conocida popularmente como quetzal.

Tameme: cargador.

Tarascos: cultura del occidente situada en el estado de Michoacán, su capital fue Tzintzuntzan, a orillas del lago de Pátzcuaro.

Tecólotl: tecolote, los indígenas consideraban a esta ave de mal agüero.

Tecpan: mansión donde vivía el tlatoani.

Tecuilhuitontli: séptimo mes del calendario de los 365 días, correspondía a junio-julio.

Telpochcalli: colegio para varones donde recibían una educación encaminada a la guerra.

Telpochtlato: grado dentro del telpochcalli, era aquel joven que tenía la responsabilidad de vigilar y dirigir a otros jóvenes.

Temachtiani: maestro.

Temazcalli: baño de vapor.

Tenochtitlan: "lugar donde abundan las tunas", fue la ciudad de los mexicas y capital de su imperio, la fundaron en uno de los islotes del lago de Texcoco en 1325.

Teocalli: templo.

Tepanecas: grupo nahua que habitaba Azcapotzalco, los mexicas les pagaban tributo hasta que con Izcóatl se liberaron del dominio tepaneca en 1428.

Tepoztécatl: dios al que rendían culto los amantecas.

Tequitlato: recaudador de tributos local de las provincias tributarias de los mexicas.

Tezcatlipoca: uno de los más importantes dioses del panteón mexica, se le relacionaba con lo oscuro.

Tianquiztli: mercado.

Tícitl: partera.

Tilmahtli: manto, prenda masculina de forma rectangular, se lo sujetaban sobre el hombro.

Tizaua: dios al que rendían culto los amantecas.

Tizapan: población prehispánica hoy localizada dentro de la ciudad de México.

Tlacotli: esclavo.

Tlacuilo: pintor.

Tlachtli: juego de pelota.

Tláloc: dios de la lluvia.

Tlalocan: "lugar de Tláloc", a este sitio iban los que morían por causas relacionadas con el agua.

Tlaloques: dioses, ayudantes de Tláloc.

Tlaltecuhtli: deidad, "nuestra madre Tierra".

Tlamacazque: maestro.

Tlamatini: sabio o filósofo.

Tlamatinime: sabios o filósofos.

Tlatelolco: "en el mogote", ciudad vecina de Tenochtitlan fundada por un grupo de mexicas que se separó, con el tiempo se convirtió en un importante centro comercial.

Tlatlacotin: esclavos.

Tlatoque: gobernantes.

Tlauhquéchol: ave de plumaje rosado, conocida popularmente como flamenco.

Tlaxochimaco: noveno mes del calendario de 365 días, correspondía al mes de agosto.

Tlazoltéotl: "la comedora de las cosas sucias", ante esta diosa los mexicas confesaban sus culpas.

Tlillan Tlapallan: "el lugar del rojo y del negro", lugar relacionado con la sabiduría, localizado al este y hacia donde se dirigió Quetzalcóatl cuando abandonó Tula.

Tloque nahuaque: "el dueño del cerca y del junto", dios supremo.

Tochómitl: hilo de pelo de conejo.

Tochtépec: "en el cerro del conejo". Hoy Tuxtepec, en Oaxaca.

Tochtli: conejo.

Tonacatecuhtli: dios del mantenimiento o el sustento.

Tonalámatl: libro adivinatorio.

Tonalpohualli: calendario ritual o adivinatorio de 260 días.

Tonalpouhqui: sacerdote que conocía el manejo del calendario adivinatorio, se le consultaba para que señalara el día propicio para algunas actividades.

Tonalli: el destino que trazaban los dioses.

Tonátiuh: dios del Sol.

Totocalli: lugar dentro del tecpan donde habitaban las aves que eran atendidas por un grupo de personas.

Totollin: pavo hembra.

Tóxcatl: quinto mes del calendario de los 365 días, correspondía a mayo-junio.

Tozoztontli: tercer mes del calendario de los 365 días, correspondía a abril.

Toztli: ave de plumaje color azul, rojo y amarillo, conocida popularmente como cotorra cabeza amarilla o loro real.

Tulli: tule.

Tula: "entre juncias", antigua ciudad del altiplano central donde floreció la cultura tolteca de la cual los mexicas se decían herederos.

Tzinitzcan: ave con plumaje color verde esmeralda, azul y rojo, conocida popularmente como aurora de monte o tres garantías.

Tzintzuni: colibrí en tarasco.

Tzintzuntzan: "donde está el colibrí". Fue la capital de los tarascos. En Michoacán.

Xicalanco: "lugar de jícaras". Lugar cercano a la laguna de Términos en Campeche.

Xicallis: jícaras.

Xíhuitl: calendario de los 365 días, año.

Xilonen: diosa de la mazorca tierna a la cual rendían culto los amantecas.

Xiuhtecuhtli: dios del fuego.

Xiuhtlati: diosa a la que rendían culto los amantecas.

Xiuhtótotl: ave de plumas color azul brillante y morado, conocida popularmente como pájaro turquesa o charlador.

Xochiatlalpan: lugar a donde iban los niños que fallecían.

Xoconochco: "Lugar de las tunas agrias". Hoy conocido como Soconusco al noroeste de Guatemala. Es un distrito de Chiapas.

Xochimilco: "en el plantío de flores", señorío ubicado a orillas del lago del mismo nombre, por su favorable clima se convirtió en una importante zona chinampera donde se cultivaban legumbres y flores.

Xochiquetzalli: diosa de las flores, de la belleza y del amor; Tláloc se enamoró de ella.

Xochiyaóyotl: "guerra florida", guerra ceremonial que tenía como finalidad la captura de prisioneros para sacrificarlos.

Yacatecuhtli: dios de los comerciantes.

Zacuán: (*Tzacuan*), ave de plumas color negro y amarillo. Conocida popularmente como "pepe cola amarilla" o "viuda".

Lecturas sugeridas

Aguilera, Carmen. *Flora y fauna mexicana. Mitología y tradiciones*. Everest mexicana, México, 1985.

Caso, Alfonso. *El pueblo del sol*. Fondo de cultura económica/SEP, México, 1983. (Lecturas Mexicanas, 10).

Davies, Nigel. *Los antiguos reinos de México*. Fondo de cultura económica, México, 1988.

Galvan, Nélida. *Mitología mexicana para niños*. Selector, México, 1998.

González Torres, Yólotl. *Diccionario de mitología y religión de Mesoamérica*. Larousse, México, 1993.

Jennings, Gary. *Azteca*. Planeta, México, 1999.

León-Portilla, Miguel. *Los antiguos mexicanos a través de sus crónicas y cantares*. Fondo de cultura económica, México, 1988.

López Austin, Alfredo. *La educación de los antiguos nahuas*. SEP/El Caballito, México, 1985. (vol. 2).

——————, *Un día en la vida de una partera mexica*. Jaca Book/CONACULTA, México, 1999.

Manzanilla, Linda y Leonardo López Luján (coordinadores). *Atlas histórico de Mesoamérica*. Larousse, México, 1993.

Meza, Otilia. *Vida de un niño mexica en la gran Tenochtitlan*. Panorama editorial, México, 1993.

Rodríguez-Shadow, María J. *La mujer azteca*. Universidad autónoma del Estado de México, Toluca, 1997.

Soustelle, Jacques. *La vida cotidiana de los aztecas en vísperas de la conquista*. Fondo de cultura económica, México, 1983.

Thomas, Hugh. *Yo Moctezuma*. Planeta, México, 1998.

Índice

Otros títulos de la colección **Diarios mexicanos**

Alejandro Rosas

Diario de Aurora

168 págs. 13 x 21 cm
ISBN 968-406-990-1

Aurora, una joven zacatecana de principios de este siglo nos cuenta, desde lo mas íntimo de su *diario*, las vicisitudes de una familia que se ve directamente envuelta en los acontecimientos que transforman al país. Al principio, todavía de mirada inocente y juguetona, recoge los sucesos que hacen a su familia involucrarse con la familia Madero; más tarde, ya una mirada crítica nos advierte de las causas y consecuencias de la revolución.

En septiembre de 1910, durante las fiestas del Centenario, el presidente Porfirio Díaz celebra ochenta años de vida y treinta en el poder. Son tres décadas de gobierno paternalista, de paz, orden y progreso; pero también un régimen de haciendas, represivo, sin libertad política y una marcada desigualdad social. Después de una elección fraudulenta, su opositor Francisco I. Madero planea un levantamiento: el 20 de noviembre, Madero y 10 hombres cruzan la frontera del Río Bravo, donde debían encontrarse con un ejercito listo para empezar la revolución. Al llegar no había nadie…

Así, en medio de la incertidumbre, se desarrolla la historia del país y de una familia. Aurora nos narra, como una privilegiada testigo, los principales acontecimientos y personas que se cruzan por su vida: Díaz y la dictadura; Madero, la democracia y el espiritismo; Vasconcelos, la revolución y la política; y Juan Manuel, el amor y la ilusión.

ALEJANDRO ROSAS ROBLES (México, D.F., 1960) es catedrático de la facultad de ciencias políticas y sociales de la UNAM y coordinador de investigación histórica en Editorial Clío, donde ha participado en numerosos proyectos como la creación del Archivo José Vasconcelos, la telebiografía *El vuelo del águila* y la colección de libros *Porfirio* (1992-1994), entre otros. Actualmente dirige el proyecto editorial *Obras completas de Francisco I. Madero* y realiza una investigación sobre *El financiamiento de particulares estadunidenses a la revolución mexicana, 1910-1914*. Es colaborador del programa radiofónico *Monitor*, de la revista *Letras Libres* y del periódico *Reforma*.

José Manuel Villalpando

Diario de Clara Eugenia

176 págs. 13 x 21 cm
ISBN 968-406-900-6

Clara Eugenia Reza y Pliego, joven mexicana de sociedad, recibe un regalo que cambiará su visión con respecto al mundo que la rodea: un *diario*. Convencida de que no tendrá nada interesante qué escribir, estrena las páginas con el recuento de los detalles más cotidianos de su existencia. Lo que no imagina Clara Eugenia es que estos detalles, a primera vista triviales, conformarán, en conjunto, un retrato colorido; tanto su vida como el país darán un giro excepcional.

A consecuencia de la moratoria de pagos que declaró en 1861 el gobierno del presidente Benito Juárez, Francia y un grupo de conservadores mexicanos instalan en México el efímero Segundo Imperio Mexicano. El sueño romántico comienza el día en que el archiduque Maximiliano y su esposa Carlota desembarcan en Veracruz, para fundar lo que ellos mismos llamarían "el más hermoso imperio del mundo".

En las páginas del *diario* de Clara Eugenia aparecen descritos, con sensibilidad y buen humor, los sucesos más relevantes en los que se ve involucrada: la llegada de los emperadores, las tertulias, los bailes y recepciones; pero también los levantamientos del pueblo y la pugna entre conservadores y liberales. Por lo tanto, Clara Eugenia Reza y Pliego es, en palabras del mismo autor, una testigo excepcional que vive intensamente este momento histórico, pues ella, su familia y su amor se ven envueltos en el gran dilema en que se debate México.

JOSÉ MANUEL VILLALPANDO CÉSAR (México, D.F., 1957) es catedrático de la Escuela libre de derecho. Es autor de los libros *El Panteón de San Fernando*; *Introducción al Derecho Militar Mexicano*; *Maximiliano frente a sus jueces*; *En pie de guerra: La guerra de Independencia, 1810-1821*; *Las balas del invasor: La expansión territorial de los Estados Unidos a costa de México*; *Amores mexicanos* (Planeta, 1998) y *Maximiliano*. Es comentarista del noticiero radiofónico *Monitor* y tuvo a su cargo la investigación de la telebiografía *El vuelo del águila* (1994), así como el guión y la adaptación de la telenovela histórica *La antorcha encendida* (1996). En 1990 obtuvo el premio nacional concedido a la mejor recreación literaria sobre los símbolos patrios con el cuento *El Abanderado*.